Ayashi-no Hokenshitsu

Ayashi-no Hokenshitsu

あやしの保健室

2

思いがけないコレクション

こんばんは、大ハマグリさん。
あなたの〈気〉を、くださいましな。
わたくし、そのために小舟《こぶね》でゆらゆら、こんな沖《おき》までまいりましてよ。
子どものころに、あの山の上から見ましたの。
あなたの吐《は》く〈気〉が、シンキロウをつくるのを。
島が宙《ちゅう》に浮《う》いて見えたり、風景《ふうけい》が細長くなったり。
それはそれは、見事なお手なみでございましたわ。
〈気〉を手に入れてどうするのか、ですって？
うふ、特製《とくせい》アイテムをつくりますの！
今度こそ、やわらかな心をコレクションいたしますわ！
申しおくれましたけれど、わたくし、〈ヨウゴキョウユ〉ですの。
ほら、あそこの小学校で、〈ホケンシツのヌシ〉になります。
ええ、大ハマグリさんのご近所さんになりますことよ。
ですから、ね、お近づきのしるしに、〈気〉を分けてくださいましな。

え？　いま吐《は》きだしてしまったら、春のシンキロウをつくる分がなくなる？
この地の人々を、おどろかすことができなくなる？
んまぁ、それはいけませんわね。
かといって、わたくしもあきらめたくはございませんし。
うふ、ひらめきましてよ。
〈あくび〉をいただくことにいたします。
それなら、あなたのお仕事に影響《えいきょう》はでませんでしょう？
たくさんいただいて、霊力《れいりょく》を凝縮《ぎょうしゅく》させますわ。
さぁくださいましな、夜が明けて漁船《ぎょせん》がやってくる前に、さぁ早く。
んまっ、わたくしにときめいて、〈あくび〉どころじゃない？
それもそうですわね。
では、海鳴りにのせて子守唄《こもりうた》を歌ってさしあげましょう。
あら、わたくしのくちびる、潮《しお》の味がいたします。
うふっ。

もくじ

装丁／大岡喜直（next door design）
装画／HIZGI

一学期

アザムク

四年一組　浜岸《はまぎし》　凪《なぎ》

凪《なぎ》が、最初《さいしょ》に、その動物を見たのは、春休み。ママと本屋へ行ったときだ。

凪《なぎ》は、一冊《さつ》のマンガを抱《だ》きしめていた。

「ママ、お願《ねが》い」

「せっかく街《まち》まで出てきて、マンガはないでしょう」

凪《なぎ》は、近所の、おばさんがひとりで店番している本屋さんへ行くつもりだった。あそこは品ぞろえが少ないからって、車で三十分も走ったのはママ。

「ちゃんとした本を買いましょうよ。もう四年生になるんだし。ほら、これはどう？」

そういいながら、分《ぶ》厚《あつ》くて表紙の固《かた》い本を手にとる。また、字ばっかりの本だ。

「でも、約束《やくそく》したの。千《ち》波《なみ》や美《み》砂《さ》と」

三人で別々《べつべつ》のマンガを一冊《さつ》ずつ買って、貸《か》しあうんだ。

ママの声が低《ひく》くなる。

「どうしてそんな約束《やくそく》するのよ」

「……友だちだもん」

三冊《さつ》とも読みたいし。人気の月刊マンガ誌《し》、どれも五百八十円。千《ち》波《なみ》はおこづかいをふやしてもらったから、一冊《さつ》なら買える。美砂《みさ》は、おじいちゃんにたのめばいいだけ。問題は、凪《なぎ》。おこづかいが月に五百円。

——おこづかい、アップしてもらいなよ。

——凪《なぎ》のママ、マンガがきらいでしょ、買ってもらえる？

心配顔のふたりに、無理《むり》かも、とはいいたくなかった。

——だいじょうぶ。勉強もピアノも、がんばったもん。

そういったのに。

「マンガなんて」

ママの声は冷《つめ》たい。凪《なぎ》の声は、小さくなってしまう。

「通知表、よかったでしょ。ピアノの発表会も、がんばったよ。だから、ごほうび」

「それもそうねえ、じゃぁ」

って言葉にほっとしたのに、

「あっちになさい。マンガだけど、日本史《にほんし》の勉強になるわ」

指さした雑誌《ざっし》の表紙には、むずかしい顔したオジサン。あれがマンガ？　ほしいものとぜんぜんちがう。首を横にふった。

「だったら、もう帰りましょ」

ママは背《せ》を向ける。いつも、こうだ。ママのいうとおりでないなら、ダメ。

凪《なぎ》はうつむいて、マンガをぎゅっと抱《だ》きしめる。今日《きょう》の午後、千波《ちなみ》の家に本を持って集まる約束《やくそく》なのに。

ぽとん、涙《なみだ》がひとしずく、本をぬらした。いけない、と思って顔をあげたら、店員さんと目があった。こっちにやって来る。取りあげられちゃう。

ママの背中《せなか》に向かって、さけんでいた。

「買ってくれるって、いったのに」

ママがふりむく。

「いうはずないでしょ」

そうだけど。

「いったもん。ピアノ発表会で上手《じょうず》に弾《ひ》けたら、買ってくれるって。だから、がんばったのに」

店員さんが足を止めている。

「いった、買ってくれるって」

くり返したら、それが本当のことだって気がしてきた。

ママの眉《まゆ》と眉《まゆ》の間に、谷みたいにしわができる。

「いいかげんに――」

ママの言葉にかぶせて、さけんだ。

「絶対《ぜったい》、いったもん！」

いったもん、いったもん、絶対《ぜったい》いったもん。心の中でもさけんだら、そうにちがいないと思えた。

そのときだ。銀色の小さな動物が、突然《とつぜん》、ママと凪《なぎ》の間にあらわれ、宙返《ちゅうがえ》りした。しなやかで身軽、長いしっぽ。子ねこにしては胴長《どうなが》で足が短い。フェレット？

まばたきしたときには、もう消えていた。

ママがつぶやいた。

「いったかも……ごほうびにって」

まんが

眉間《みけん》のしわがなくなって、声もやわらかい。

「へんねぇ、どうしてそんなことを。マンガなんて、ねぇ」

首をかしげながら、もどってくる。

「じゃぁ、ドリルをいっしょに買ってあげるわ。マンガ読むばっかりじゃなくて、勉強もするのよ？」

「うんっ、するっ」

なにがどうなったのかわからないけれど、力いっぱい、何度もうなずいた。ママが選《えら》んだドリルと、抱《だ》きしめて温かくなったマンガを重ねて、レジ台に置《お》いた。

ママも店員さんも、銀色の動物のことはなにもいわなかった。凪《なぎ》もすぐに忘《わす》れた。

次にそれを見たのは、始業式を終えた日の午後。今度は家で。

「ママ、五百円、カンパして。漁火公園《いさりびこうえん》の春祭りに行くの」

「町内会のお祭りで、なにを買うの？」

「今年は、移動式《いどうしき》プリクラが来るんだって。だから、クラスの女子みんなで、撮《と》るの」

ママの眉《まゆ》が、片方《かたほう》だけ動く。

「プリクラねぇ……おこづかいでどうぞ」

「じゃぁ、おこづかい値上《ねあ》げして。みんな、もっと、もらってるよ」

「必要《ひつよう》なものは、買ってあげてます。マンガまで。そういえば、ドリルやった？」

「やったよ。だから、ねー、お願《ねが》い、クラス写真みたいなもんなんだから」

凪《なぎ》の学年は二十八名、ひとクラス。そのうち女子は十四名、のけものになったら、卒業《そつぎょう》するまでひとりぼっちだ。

「ドリルをちゃんとやってたら、カンパしてあげる」

え？

「やってないの？」

「やったってば」

三日間は、まじめにやった。四日目に、いやになった。

「ほら、ドリルを持ってきなさい」

しぶしぶ二階《かい》の部屋《へや》に取りにいった。ひきだしにつっこんであったドリルを開いてみる。やっぱり、三ページまでしかやっていない。大急ぎで答えを書きうつそう。

だけど、えんぴつを持つより先に、インターホンの音が聞こえた。あ、千波《ちなみ》と美砂《みさ》がむかえにきた。あわてて階段《かいだん》をおりていったら、ママが玄関《げんかん》にふたりを通して、よそいきの顔で笑《わら》っているところだった。

「千波《ちなみ》ちゃん、美砂《みさ》ちゃん、ちょっと待っててね」

ママが、凪《なぎ》の手からドリルを取った。あ、しまった。

「凪《なぎ》ママの指、きれーい」

マニキュアをぬった爪《つめ》を美砂《みさ》にほめられ、

「あら、ありがとう」

きげんよく、桜色《さくらいろ》の指先がドリルの表紙をめくる。一ページ目。千波《ちなみ》がのぞきこんで感心する。

「凪《なぎ》、えらいなぁ」

ママは自分がほめられたみたいに、得意《とくい》げな笑《え》みを浮《う》かべている。

まずい、まずいよ、どうしよう。

そのとき、目のはしでなにかが光った。あっ、銀色！　凪《なぎ》の足もとに、フェレットに似《に》た動物がいた。丸顔で、しなやかな体に短い足、しっぽは長い。青い目がきれいだ。二本足で立ちあがり、ドリルを見あげている。

お願《ねが》い、助けて、このあいだみたいに。

ママがページをめくる。二ページ目。

銀色フェレットは首をかしげ、ものいいたげに凪《なぎ》を見つめる。

え？　どうすればいいの？　この前となにかちがう？　なに？　どうだったっけ。

思い出した！　凪《なぎ》はあわてて、心の中でさけぶ。ドリルやったもん、やった、やった！　まず自分がそう思わなきゃ。思いこませなきゃ。

ママの指がさらにページをめくる。三ページ目。ここまでは、答えで埋《う》まっている。

ああ、そうじゃない。この先も、やったはず。うん、やったよ。やった、やった、絶《ぜっ》対《たい》やったもん！

銀色フェレットが跳《と》んだ。凪《なぎ》の足もとから、ドリルの上へと。そこで宙返《ちゅうがえ》りひとつ。

そしたら、「エリーゼのために」が聞こえてきた。ナイスタイミング、ママのスマホ着メロだ。ママはドリルを凪《なぎ》に返して、リビングへ急いだ。

あれ？　銀色フェレットはどこへ消えた？

「なにきょろきょろしてんの？」

「やだ、虫でも飛《と》んでるの？」

千波《ちなみ》も美砂《みさ》も、凪《なぎ》に不思議《ふしぎ》そうな顔を向ける。

ママがスマホで通話しながらもどってきて、五百円玉を差《さ》しだした。

ママも千波《ちなみ》も美砂《みさ》も、その動物に気づいていなかった。

三度目は、ピアノレッスンの日。送迎《そうげい》バスで街《まち》の音楽教室まで通っている。

行きたくなかった。ほとんど練習してなかったから。ママはPTA《ピーティーエー》の役員会議《やくいんかいぎ》や、婦人会《ふじんかい》の仕事で留守《るす》が多いから、そのことに気づいていない。

おやつのパンケーキを半分残《のこ》して、おなかを押《お》さえた。

「今日《きょう》、ピアノ、お休みしたい」

「あら、どうして」

「……おなか、痛《いた》い」

「パンケーキのせい？　そんなはずないわ、卵《たまご》も牛乳《ぎゅうにゅう》も新しいし」

「でも、痛《いた》いの……」

そのとき、銀色フェレットが凪《なぎ》のおなかのあたりで宙返《ちゅうがえ》りするのを見た。とたんに、ぐるるっ、おなかでへんな音がして、本当に痛《いた》くなった。トイレに通うはめになった。

ママが、音楽教室に、お休みの電話をした。

このあたりから、ウソをつくだけですぐに、その動物があらわれるようになった。凪《なぎ》になついたのかな。けっこう、かわいい。


五月になった。ママが、日焼《ひや》け止めをぬりなさいってうるさい。紫外線《しがいせん》が増《ふ》える季《き》節《せつ》なんだって。でもそのクリーム、汗《あせ》と混《ま》じって目にしみるんだ。だから、パス。

そしたら、体育の授業《じゅぎょう》がドッジボールだった。太陽がまぶしい。日焼《ひや》けしそう。ママのいうとおりにしないからよ、って声が頭の中で聞こえる。日差《ひざ》しを手でさえぎっていたら、ボールを受けそこなって、右の薬指を突《つ》いてしまった。

「痛《いた》っ」

保健係《ほけんがかり》が心配してくれる。

「凪《なぎ》ちゃん、突《つ》き指《ゆび》したんじゃない？　保健室《ほけんしつ》、連《つ》れていってあげようか」

突《つ》き指《ゆび》だったら、ピアノの練習できなくなる。そう思いながらうなずいた。

「ありがとう。ひとりで行けるから」

保健室《ほけんしつ》は校舎《こうしゃ》の一階《かい》、西の角。運動場からの出入り口もある。

凪《なぎ》は、緑の葉がわさわさ伸《の》び茂《しげ》っている窓《まど》をめざして、歩く。窓《まど》は開いているけれど、グリーンカーテンのせいで、外から中はのぞけない。ドアの前で、立ち止まった。

右手の薬指をそっとまげてみる。ちゃんと動く。もう、そんなに痛《いた》くもない。だけど……。左手をドアノブに伸《の》ばした。カチャ。凪《なぎ》の指がふれるより先に、ドアノブが回った。ゆっくりとドアが開く。白衣《はくい》が見えた。

「おいでなさいまし。四年一組、浜岸凪《はまぎしなぎ》さん」

低《ひく》くかすれた声。

「お入りなさいまし」

この春、新任《しんにん》でやってきた養護《ようご》の妖乃《あやの》先生《せんせい》だ。小麦色の肌《はだ》に大きな目、ぽっちゃりしたくちびる、長い黒髪《くろかみ》はゆるやかに波打っている。ハワイのフラダンサーみたいな顔、っていったのは美砂《みさ》だ。

「どうなさいました？」

先生が首をかしげている。

「突《つ》き指《ゆび》、しちゃって」

ドキドキしながら、左手で右手をおおう。

「まぁ、どのお指ですの？」

「え、と、右手の薬指」

先生が両手で、凪《なぎ》の右手を包《つつ》む。先生の手は意外と大きくて骨太《ほねぶと》だ。爪《つめ》は短くてマニキュアもしていない。ひんやりして、気持ちいい。先生の手が、凪《なぎ》の薬指をなでる。もう痛《いた》くないし、はれてもいない。それでも凪《なぎ》は、顔をしかめてみせる。

「痛《いた》っ。先生、しっぷして、包帯《ほうたい》まいて」

「うふっ」

どうして笑《わら》うんだろう、突《つ》き指《ゆび》じゃないこと、ばれてる？

だけどだいじょうぶ、ほら、銀色フェレットがあらわれた。このウソも押《お》しとおせる。本当に痛《いた》くなっちゃうかもしれないけれど、それでもいい。

凪《なぎ》は、くり返す。

「突《つ》き指《ゆび》、なの」

銀色フェレットが、凪《なぎ》の右腕《みぎうで》に跳《と》びのった。風船みたいに軽い。そして……。

妖乃先生《あやのせんせい》の手が動いた。え？　うそっ。

「キュイッ」

それの鳴き声をはじめて聞いた。ねこみたいに首根っこをつかまれ、ぶらさげられている。つかんでいるのは、妖乃先生《あやのせんせい》だ。

「珍獣《ちんじゅう》アザムクですわ」

はじめて聞く名前だ。それは、身をよじっている。

「いじめないで。放してやって」

凪《なぎ》の言葉に先生は、ぱっと手をはなした。とたんにその動物――アザムクも消えた。

これっきりってことは、ないよね。

銀色をさがしてきょろきょろしてたら、その目を、妖乃先生《あやのせんせい》がのぞきこんできた。

「凪《なぎ》さんは、アザムクに取《と》り憑《つ》かれてますの？」

取《と》り憑《つ》かれてなんて、いない。

「先生は、あの動物を知っているの？」

「わたくしどもの一族は、昔から、アザムクにつけねらわれてきましたから。凪《なぎ》さんこそ、あれがどういう生き物か、ご存《ぞん》じですの？」

「……あたしの味方」

先生は、首をふった。黒髪《くろかみ》がゆらゆら広がる。

「あの生き物は、人の味方などいたしません。善《ぜん》や悪もございません。無邪気《むじゃき》に好物《こうぶつ》を追《お》いかけ、楽しんでいるだけですわ」

「好物《こうぶつ》って？」

「人のウソですわ」

だからウソをついたときだけ、あらわれるのか。だとしても、凪《なぎ》を助けてくれることには変《か》わりない。

うふっ、と先生が笑《わら》う。

「凪《なぎ》さん、アザムク音頭《おんど》を歌ってさしあげましょう」

「なに、それ？」

「わたくしの里では、盆踊《ぼんおど》りの定番でしてよ」

ハスキーボイスが、ゆったり歌う。

一度は　助けてもらうが　よいさ
二度目を　終《しま》いと　心得《こころえ》よ
三度こえたら　取《と》り憑《つ》かれ
あざむき　あざむく　あざむかれ

歌い終わると、先生は口角《こうかく》をにゅうとあげた。

「凪《なぎ》さんは、あれに何度、ウソを助けられまして？」

何度も。だけど、

「あたしのアザムクは、イイコだもん。取《と》り憑《つ》いたりしない」

「うふ、すっかりだまされて、うふふふ」

そんな笑《わら》い方《かた》されたら不安《ふあん》になる。両手を胸《むね》の前で強くにぎり合わせた。

「……もしも、取《と》り憑《つ》かれたら、どうなるの」

「まず、ウソが増《ふ》えますわ」

先生は意味ありげに、凪《なぎ》の手を見る。ん？　あ、突《つ》き指《ゆび》！　えっと、どの指だっけ。

「ご安心なさいまし、わたくし、凪《なぎ》さんのウソを責《せ》めたりいたしませんことよ。でも、理由は知りたいですわ。どうして、突《つ》き指《ゆび》をお望《のぞ》みですの？」

黒く大きなひとみにせまられ、本音がこぼれた。

「ピアノの練習、しなくてすむから」

「いやなら、おやめになれば？」

凪《なぎ》は首を横にふる。

「ピアノは好《す》きなの」

次のコンクールは、演奏曲《えんそうきょく》を自分で選《えら》べるはずだった。けれど凪《なぎ》がぐずぐず迷《まよ》っていたから、ママが決めた。「エリーゼのために」。すてきな曲だと思う。弾《ひ》きこなせたらうれしい。一生懸命《いっしょうけんめい》練習すればできますよ、ってピアノの先生もいう。

だけど弾《ひ》こうとすると、音がじっとりしめって、指にからみつく。何度やっても、ううん、練習するほど、指が重くなる。このごろは楽譜《がくふ》を開いただけで、心までじめじめする。

「それで、なぜウソが必要《ひつよう》ですの？」

「練習さぼったら、ママにしかられるもん」

「お母《かあ》さまは、なぜおしかりになるの」

「……あたしを、どこへ出してもはずかしくない娘《むすめ》に育てることが、ママの役目なんだって」

あなたはいずれこの町を出ていくんだからって、ママはいう。自宅通学《じたくつうがく》できるはんいに大学はないし、ピアノだってここでは一流のレッスンは受けられないって。

ママは、この町があまり好《す》きじゃないみたい。

「お母《かあ》さまにしかられないためにウソをつく、それは一種《いっしゅ》の擬態《ぎたい》ですかしら、興味深《きょうみぶか》いですこと」

「ギタイ？　なに、それ」

「動物や昆虫《こんちゅう》が生きるために、姿《すがた》を変《か》え、なにかのふりをすることですわ」

先生は、楽しそうに話しだす。

「たとえば、雪原にくらすウサギは、冬になると雪にまぎれようと、毛色を白くいたします。花の姿《すがた》をまねて虫をとるカマキリも、おりますわ。タヌキが死んだふりをしたり、人に化けたりするのは、擬態《ぎたい》かいたずらか、意見の分かれるところですわねぇ」

タヌキが化けるだって。へんな先生。でも、いいことを教えてもらった。凪《なぎ》のウソはギタイ。動物たちもやっていること。悪いことじゃないんだ。

「ただし、擬態《ぎたい》には、それなりの覚悟《かくご》と、何世代にも渡《わた》ってみがかれた技《わざ》が必要《ひつよう》ですわ。人の子にとっては、むしろ毒《どく》かもしれませんことよ」

結局《けっきょく》、やめろってお説教《せっきょう》？　そのとき、チャイムが鳴った。

「教室にもどります」

ここにいても、しかたないし。

妖乃《あやの》先生《せんせい》が、うふっと笑《わら》った。

「なにかあったら、いつでも、おいでなさいまし」

しっぽも包帯《ほうたい》もしてくれなかったくせに。


家に帰ったら、おばあちゃんが来ていた。ママはきれいにお化粧《けしょう》して、ニコニコしている。ああ、この笑顔《えがお》もギタイっていうやつなのかな。だって、おばあちゃんが帰ったとたん笑顔《えがお》が消えて、あー疲《つか》れたって、ソファにすわりこむんだよ。

おばあちゃんが、テーブルに写真を並《なら》べた。

「ピアノ発表会のときの、プリントしてきたよ。ほら、かわいいねぇ、上手《じょうず》に弾《ひ》いてたねぇ」

ママが、お茶のおかわりをいれながら、娘《むすめ》じまんをする。しなくていいのに。

「今は『エリーゼのために』を練習してますのよ」

「おや、すごいねぇ。ミレミレミシレドラ～♪　ってあの有名な曲だろ。ちょっと弾《ひ》いてみておくれ」

凪《なぎ》は、おみやげのケーキをあわてての みこみ、答える。

「無理《むり》」

まじめに練習してないもん。なのに、ママがまたよけいなことをいう。

「あら、楽譜《がくふ》もらってから、ずいぶんたつじゃないの」

「ふだんどおりに練習している凪《なぎ》ちゃんを見せておくれ」

ママとおばあちゃんがそろって、拍手《はくしゅ》する。

やめて。弾《ひ》けないってば。逃《に》げだしたくて立ちあがる。なのに、いっそう大きくなった拍手《はくしゅ》が、凪《なぎ》をピアノの前にすわらせる。どうしていいかわからなくて、両手を鍵《けん》盤《ばん》の上に置《お》いてしまう。弾《ひ》けないのに弾《ひ》けるふり？　ギタイ？　そうだ、ウソをウソでないと、自分にいい聞かせよう。そしたら、きっとアザムクが助けてくれる。

弾《ひ》ける、練習してなくとも弾《ひ》ける、ああ、そうじゃなくて、練習した、練習したから弾《ひ》けるはず、練習した、練習した……アザムク、お願《ねが》い、出てきて！

ピアノの鍵盤《けんばん》から、アザムクがあらわれた。鍵盤《けんばん》の上に二本足で立ちあがり、凪《なぎ》を見つめ、ニィイと口を横に開く。頭の中に言葉が流れこんできた。こんなことは、はじめてだ。

――クルン、ト　イレカワル？

目をあわせたまま、首をかしげている。

凪《なぎ》はよくわからないまま、うなずいた。

と、アザムクが凪《なぎ》に向かって宙返《ちゅうがえ》りした。ごつん！

まさかの頭突《ずつ》き。めまいがして床《ゆか》にくずれ落ちた。

凪《なぎ》の声が、頭の上から降《ふ》ってきた。

「やっぱり、今日《きょう》は弾《ひ》かない」

え？　目を開けたら、ピアノの前にすわる凪《なぎ》の姿《すがた》を、下から見あげていた。ええっ？　床《ゆか》から起きあがろうと腕《うで》を動かしたら、銀色の毛深い前足が目の前で動いた……腕《うで》が前足に変《か》わってる！　それだけじゃない、後ろ足もしっぽもある。これ、アザムクの体だ！

じゃあ、ピアノの前にすわっている、あの凪《なぎ》の体にいるのは……。

「来月、おばあちゃんのお誕生日《たんじょうび》にミニコンサートをプレゼントしたいの。いっぱーい練習して、完《かん》ぺきな『エリーゼのために』をおばあちゃんのために弾《ひ》くから、楽しみに待ってて」

甘《あま》えた声で、おばあちゃんに笑《わら》いかけている。

「ありがとう、楽しみだねぇ」

おばあちゃんは涙《なみだ》を浮《う》かべ、ママにも感動のおすそ分けをする。

「凪《なぎ》ちゃん、いい子に育ったねぇ」

「ありがとうございます」

ママまで、ごきげん。さすがアザムク。でもそんな約束《やくそく》して、だいじょうぶなのかな。

「勉強もがんばるよ。ママ、また、ドリル買ってね」

アザムクってば、調子に乗りすぎ。

「えらいわ、凪《なぎ》。何冊《なんさつ》でも買ってあげる」

やめてー。

そのあと、夕食の間も、ニセモノ凪《なぎ》は調子のいいことばかりいって、おばあちゃんとママを喜《よろこ》ばせた。マンガはもう読まない、なんて約束《やくそく》までして。冗談《じょうだん》じゃない！凪《なぎ》はアザムクの体に入ったまま、ハラハラウロウロするばかり。同じ部屋《へや》にいるのに、おばあちゃんもママも、一度もこっちを見なかった。

そして凪《なぎ》の部屋《へや》にもどるなり、

「きゃっらー、楽しー」

ニセ凪《なぎ》が、飛《と》びはねた。ほかにはだれもいない。やっと文句《もんく》がいえる。

「そんなにウソばっかりついて、あと、どうするの？」

自分が思っているより細い声が出た。体がちがうと声も変《か》わるんだな。

「どうなってもいいもーん」

きゃらきゃら笑《わら》いながら、ベッドにもぐりこんでいる。

「あしたも、いっぱいウソつくもーん」

「なんのために、そんなことするの」

ニセ凪《なぎ》はまばたきして、ふぃとまじめな顔になった。

「ウソを増《ふ》やすことが、アザムクの使命」

といってから、くちびるがニタァと横に伸《の》びる。きゃららら、けたたましく笑《わら》った。

「なぁんて、う・そー♪　きゃららっ、だまされた？　きゃららら」

ふとんにくるまって、体をゆすっている。

「ウソはごちそう。ウソはおもしろい。アザムクは、うまいものを食う。アザムクは楽しむ。『なんのために』？　考えたこともなーい。きゃららら」

かん高い、耳ざわりな笑《わら》い声《ごえ》。凪《なぎ》の体から、あんな声が出るなんて。

「体を返して。もとにもどして」

「やーん」

「あたしは、どうなるの」

「どうだっていいもーん」

というなり、ニセ凪《なぎ》は目を閉《と》じた。

凪《なぎ》はベッドに跳《と》びのり、前足で凪《なぎ》の体をゆさぶる。ああ、自分の体をゆさぶるなんて、へんな感じ。

「起きて、アザムクってば」

返事はない。目も開けない。もう、寝息《ねいき》をたてている。

まずいかも。もしかして、体を乗っ取られた？　ドキドキしてきた。

そのとき、ドアが開いた。

「凪《なぎ》、どうしたの、へんな声出して」

「ママッ」

よんだのに、気づいてもらえない。

「あら、電気も消さずに、寝《ね》てる」

ママがベッドをのぞきこむ。

「寝言《ねごと》だったのかしら。おばあちゃんに気をつかって、疲《つか》れたのね」

「それはニセモノ！」

さけんでも、目の前で飛《と》びはねても、だめだった。ママは、明かりを消して出ていった。

ママには、凪《なぎ》が見えない。声もとどかない。ママだけじゃない。もう、だれにも
……。

そうだ、妖乃《あやの》先生《せんせい》なら！

――いつでも、おいでなさいまし。

頭にその声がひびいたとたん、窓《まど》から屋根へ飛《と》びだしていた。すごい、アザムクの体って、窓《まど》ガラスをすりぬけられるんだ。屋根から屋根へと、夜にまぎれて走る。

学校が見えてきた。一階《かい》のはしに、緑色の明かりがともっている。保健室《ほけんしつ》だ。窓《まど》いっぱいに茂《しげ》った葉がゆれている。その茂《しげ》みへ飛《と》びこんだ。

「凪《なぎ》さん、おいでなさいまし、お待ちしておりましたわ」

白衣《はくい》の妖乃《あやの》先生《せんせい》が、満面《まんめん》の笑《え》みでむかえてくれた。

「先生、どうしてあたしが凪《なぎ》だって、わかったの？」

まだ、なにもいわないうちから。体はアザムクなのに。

「気配《けはい》ですかしら。まだ、変身《へんしん》したばかりでございましょ？」

声もとどいている。ほっとして、泣《な》きそうになる。

「体、取られたの、どうしよう」

「ここでおくらしなさいまし」

は？

「わたくしのコレクションに、いえ、保《ほ》健室《けんしつ》のマスコットになればよろしくてよ」

このままの姿《すがた》で？　そんなぁ。

きゅぴーん。のどから出たのは、まるで小動物の鳴き声だ。

「うふ、かわいい鳴き声ですこと。そうそう、アザムク音頭《おんど》には、二番もありますの。お聞きになりたいでしょう？　うふ、こほん」

アザムク　回すよ　天と地を
ウソとマコトを　いれかえる
くるりと回れば　人の心も　忘《わす》れはて
あざむき　あざむく　あざむかれ

先生は手ぶりまでつけて、楽しそうに歌ってから、

「凪《なぎ》さんはアザムクの姿《すがた》とともに、ウソとマコトをいれかえる宙返《ちゅうがえ》りの術《じゅつ》も手に入れ

ましてよ。だれかに取《と》り憑《つ》いて、その体をうばうことができますわ。やり方はおわかりでしょ？　うふ、やられたとおりにやれば、よいのですもの」

だれかの体なんて、やだ。それに、ぞくりとする歌詞《かし》があったんだけど。

「『人の心も忘《わす》れはて』、って、どういうこと？」

「人であったことを忘《わす》れ、ピュアなアザムクになりますの。うふ、一度でも宙返《ちゅうがえ》りの術《じゅつ》を使ったならば」

絶対《ぜったい》、宙返《ちゅうがえ》りしない。

「あたしは、あたしにもどりたい。先生、お願《ねが》い、なんとかして」

先生は頭をゆらした。長い髪《かみ》がゆらゆら波打つ。

「わたくしは養護教諭《ようごきょうゆ》、凪《なぎ》さんは保健室《ほけんしつ》にやってきた児童《じどう》。しかたありませんわねえ、特別《とくべつ》に、アザムク音頭《おんど》三番を、歌ってさしあげましょう」

そういうと、肩《かた》でリズムを取って、歌い始めた。

アザムク　縁《えん》を切りたくば

ウソにたよるな　ギタイをはがせ
葉っぱ　かみかみ　カミングアウト
本心ぶちまけ　よみがえれ

盆踊《ぼんおど》りというより、ラップだ。

「うふっ、三番は、わたくしが今、即興《そっきょう》でつくりましたの。我《われ》ながらなかなかの出来でございますわね」

やっぱり、へんな先生。でも今は、たよるしかない。

「さて、どうなさいます？　本心をぶちまけます？」

「だれに？」

「あなたが擬態《ぎたい》を見せている相手に、ですわ」

ママに？　ハードルが高すぎる。

「そうしなきゃいけない？」

「あら、とんでもございませんわ。わたくしはあなたがそのままで、ここに住んでくださることを望《のぞ》んでいましてよ」

「やだ」

「アザムクとなって、だれかに取《と》り憑《つ》いてもよろしいですし」

「よくないっ。先生のくせに、ひどい」

「だって、めったにない機会《きかい》なんですもの。アザムクが人を取りこんでゆくさまを、身近で観察《かんさつ》できるなんて」

「あたしは、このままも、取《と》り憑《つ》くのも、どっちもいや」

「うふ、わがままおっしゃいますこと。どうなさりたいのかしら、凪《なぎ》さんは」

凪《なぎ》は、ため息をついた。鼻先でひげがふるえる。急に背中《せなか》がもぞもぞした。ああ、宙返《ちゅうがえ》りがしたい。どこかにすてきなウソはないかなぁ。

「うふ、凪《なぎ》さん、鼻がヒクヒク、ウソの匂《にお》いをさがしていますわよ」

ひやり、とした。今、心もアザムクになりかけていた？　だめだめだめ。凪《なぎ》にもどりたい。そのためには……。

「決めた。ママに本心をぶちまける」

だけど、すぐ問題に気づいた。

「ママには、あたしの姿《すがた》が見えないし、声も聞こえない。どうすれば……」

「うふ、さきほど、歌ってさしあげましたでしょう？」

なんだっけ。

「葉っぱ　かみかみ　カミングアウト♪　でしてよ」

口ずさみながら、先生が窓辺《まどべ》に歩みよった。茂《しげ》る葉に顔を近づけ、香《かお》りを吸《す》いこんでいる。つられて、凪《なぎ》も深く呼吸《こきゅう》する。清々《すがすが》しい匂《にお》いに、心が落ち着く。

「凪《なぎ》さん、お口のサイズを測《はか》りますから、あーんしてくださいまし」

いわれるままに、口を開ける。

「そのまま、開けていてくださいまし。この葉っぱが、ちょうどですわね。はい、閉《と》じてくださいまし」

口の中に、一枚《まい》の葉っぱを入れられた。

「せっかくですから『カミングアウト・グリーンガ

ム』と名付《なづ》けましょう。かみながら、お母《かあ》さまにお話しなさいまし。葉の香《かお》りがあなたの声となってくれますわ。凪《なぎ》さんが本心をさらし、それをお母《かあ》さまが受けとめたとき、アザムクの術《じゅつ》は破《やぶ》れましてよ」

葉っぱを口にふくんだまま、再《ふたた》び屋根をかけて、家にもどった。窓《まど》ガラスをすりぬけ、自分の部屋《へや》に入る。ベッドで、ニセ凪《なぎ》がいびきをかいている。壁《かべ》をすりぬけ、となりの部屋《へや》へ入った。

両親の寝室《しんしつ》だ。電気はもう消えている。パパのベッドはカラ、今夜も病院の当直だ。だから、パパのベッドに跳《と》びのった。まくらの上にすわったら、ママの顔が見えた。

「ママ、聞いて」

反応《はんのう》がない。あ、そうか、かみかみだ。葉っぱをかんだら、つーんとするほど、清々《すがすが》しい香《かお》りがたった。

「ママ、起きて」

「うーん？　凪《なぎ》？」

目は閉《と》じたままだけど、返事をしてくれた。なにを話そう。なにから話そう。頭に浮《う》かんだことを言葉にする。

「『エリーゼのために』、練習してないの。ううん、練習したくないの」

「え？」

ママのまぶたが開く。

「あたし、自分で選《えら》んだ曲を弾《ひ》きたい」

やっといえた。

「迷《まよ》うし、失敗《しっぱい》もするかもしれない。でも自分で選《えら》びたいの。それでもいいよ、っていって、ママ」

ママは、ベッドから身を起こした。

「凪《なぎ》？　どこにいるの？」

きょろきょろしている。

目の前にいるよ。見えないだろうけれど。

演奏曲《えんそうきょく》のことをいってしまったら気持ちがらくになって、どんどん言葉が出てきた。

「それと、あたしはマンガも好《す》きなの。読むのやめないよ。新しいドリルはいらない。

前に買ってもらったやつ、まだ終わってないし」

ママが、リモコンに手を伸《の》ばし、部屋《へや》の明かりをつける。

「凪《なぎ》？　どこ？」

部屋《へや》を見まわしている。

「あたし、がんばったんだよ、はずかしくない娘《むすめ》になるために。でも、がんばれないときもあるの。だけどしかられたくないし、ほめられたいし、ほしいものをあきらめるのもいやだから、がんばるかわりにウソついたの。そしたらね……」

「凪《なぎ》、ここへおいで」

ママが、腕《うで》を差《さ》しのばしている。そこへ行きたい。でも、だめなの。だって、

「あたし、ウソをつきすぎて、アザムクに体を取られちゃったの」

声がふるえた。

「助けて、ママ」

ママは、ベッドから飛《と》びおりた。スリッパもはかず、廊下《ろうか》へ走りでる。凪《なぎ》の部屋《へや》のドアを開けた。

その背中《せなか》を追いかける。葉っぱを強くかんで、うったえる。

「そこで寝《ね》ているのは、あたしじゃない。ママ、信《しん》じて」

ママは、ニセ凪《なぎ》の体をゆすっている。

「凪《なぎ》？　ずっとここで寝《ね》てた？　ママの部屋《へや》に来た？」

「ふにゃあ？」

「そいつはニセモノだってば」

ニセ凪《なぎ》が目を開いて、こっちを見た。笑《わら》ってる。その笑顔《えがお》のまま、視線《しせん》を動かし、

「どうしたの、ママ？」

ママがすうっと息を吸《す》った。ベッドに腰《こし》かけ、ニセ凪《なぎ》に話しかけた。

「凪《なぎ》は、いい子よね」

「うん」

「お勉強、がんばるのよね」

「うん、がんばる」

「マンガは、もうやめるのよね」

ママの眉《まゆ》が、ぴくぴくと緊張《きんちょう》している。ニセ凪《なぎ》はためらうこともなく、軽々と返事をしている。

もしかして、ママは、そっちの凪《なぎ》の方がいいの？　いい子で、いうとおりにする凪《なぎ》が。でも、ウソなんだよ、全部。

「じゃぁ、千波《ちなみ》ちゃんや美砂《みさ》ちゃんと、絶交《ぜっこう》できるわね？」

やだっ。ひどい、ママ。どうして、そんなことを。

ニセ凪《なぎ》は、ニッコリ、答える。

「うん、絶交《ぜっこう》する」

ママの眉《まゆ》が、きりきりと上がった。ニセ凪《なぎ》の両肩《りょうかた》をつかむ。

「おまえは……凪《なぎ》じゃないっ」

「キュイイィィイ」

ニセ凪《なぎ》のかん高い鳴き声がひびいた。

爆風《ばくふう》がふきつけ、全身の毛が逆立《さかだ》った。ふんばろうとしたけれど小さな動物の体だ、風の渦《うず》に吸《す》いこまれた。ぐるぐる回る。目も回る。

うわぁあああ…………………………。

「わたしの娘《むすめ》をどうしたのっ、凪《なぎ》は、どこっ」

肩《かた》をつかまれ、体を思いきりゆすられていた。ベッドの上だ。

「あたしの体！　あたし、もどった！」

ママが動きをピタリと止めた。ひきつった顔で、凪《なぎ》の目をのぞきこむ。

「凪《なぎ》は、いい子よね」

思いきり、首を横にふった。

「もう、いい子のふりは、したくない。絶交《ぜっこう》もしない！　千波《ちなみ》と美砂《みさ》は親友で、あたしはこの町が大好《だいす》きで……。いいよね？　ほんとのあたしで」

ママの眉《まゆ》が、くたりと下がった。たおれこむように、凪《なぎ》に抱《だ》きついた。

おばじない

二年一組　沖《おき》　汐音《しおん》

その朝、玄関先《げんかんさき》のサツキの花が、甘《あま》く匂《にお》った。ばあちゃんが育てた木だ。汐音《しおん》は、花をひとつ、つんだ。

ばあちゃんは白菊《しらぎく》に埋《う》もれていた。その手に赤いサツキの花をのせる。今にもほほえんで目を開けそう。

……開けることはなかったけれど。

お線香《せんこう》の匂《にお》いがつらくなって、汐音《しおん》は外に出た。

「ばあちゃんは、風になって」

と、兄《にい》ちゃんもやってきた。

「空をふき渡《わた》るんだよ」

と、姉《ねえ》ちゃんもきた。

汐音《しおん》は、空を見あげる。すんでまぶしい青だ。高いところでゆったり輪《わ》をえがいているのはトンビ。宙《ちゅう》をすべるようなU《ユー》ターンを決めたのは、ツバメ。ばあちゃんがどこにいるのか、わからなかった。

父《とう》ちゃんは、白い布《ぬの》に包《つつ》まれた箱を抱《だ》きしめ、涙《なみだ》をこぼした。男のくせに泣《な》くなって、いつも汐音《しおん》をしかるのに。

汐音《しおん》もいっしょにオコツアゲをしたのだけれど、それでも、ランドセルより小さなあの箱に、ばあちゃんがいるとは思えなかった。

ばあちゃんは、どこへ行ったんだろう。汐音《しおん》を置《お》いて。


父《とう》ちゃんと母《かあ》ちゃんは、ふたりで食堂《しょくどう》をやっている。高校生の兄《にい》ちゃんは受験勉強《じゅけんべんきょう》、中学生の姉《ねえ》ちゃんは部活動。みんなの口ぐせは「いそがしい」と「汐音《しおん》、早くして」。ばあちゃんだけが、「汐音《しおん》、ゆっくりでいい」っていってくれたのに。

おなかに汐音《しおん》がいることがわかったとき、母《かあ》ちゃんはものすごくうれしくて、同時に心配にもなったんだって。お店の仕事と赤ちゃんの世話、両方やれるだろうかと。ばあちゃんが、まかせろと笑《わら》ったって。そして、父《とう》ちゃんが町内会の寄《よ》りあいに出かけた夜。母《かあ》ちゃんはおなかが痛《いた》くなった。予定日より一か月も早く、赤ちゃんが生まれようとしていた。救急車《きゅうきゅうしゃ》が到着《とうちゃく》したときには、ばあちゃんの手の上で産声《うぶごえ》をあげていたそうだ。

汐音《しおん》がこの世に出てきて最初《さいしょ》にふれたのは、ばあちゃんの手。最初《さいしょ》に聞いたのは、ばあちゃんの声なんだ。

汐音《しおん》は同い年の子にくらべて小柄《こがら》で、体力もなくて、熱《ねつ》もよく出した。病院に連《つ》れていってくれるのも、看病《かんびょう》してくれるのも、ばあちゃんだった。そのたびに、ゆっくり治《なお》せ、といった。ウバメガシの木みたいに、ゆっくり育って強くなればいい、と。

オソウシキを終えた夜。汐音《しおん》は父《とう》ちゃんと母《かあ》ちゃんの部屋《へや》で寝《ね》た。夜中に、ひざが痛《いた》くて目が覚《さ》めた。ずぅんずぅん、とうずく。ときどき、こんなふうになる。セイチョウツウ、なんだ。

「痛《いた》いよぉ」

汐音《しおん》のか細い声は、父《とう》ちゃんと母《かあ》ちゃん、ふたりのいびきに消された。ばあちゃんならすぐ気がついて、ひざをなで、おまじないをとなえてくれたのに。

目を開け、となりのふとんを見た。寝《ね》ているのは父《とう》ちゃんだ。寝《ね》がえりをうって、反対側《はんたいがわ》のふとんも見る、母《かあ》ちゃんだ。

いつもとなりにいたばあちゃんが、いない。

ずぅんずぅん、ひざが痛《いた》いよ。

ばあちゃぁん。

すると、耳の奥《おく》で声がした。

――イタイノ　イタイノ　トンデユケェ

ゆったりとしたかすれ声に、痛《いた》みが引いていく。このおまじないは、母《かあ》ちゃんがまねしてもぜんぜん効《き》かない。ばあちゃんは、「年季《ねんき》がちがうからね。ばあちゃんスペシャル〈おばじない〉なのさ」って笑《わら》ってたっけ。

――イタイノ　イタイノ　トンデユケェ

ああそうか、ばあちゃんは〈おばじない〉になって、汐音《しおん》のところにもどってきてくれたんだ。大好《だいす》きな声をもっと聞いていたかったのに、とろとろと気持ちよくなって眠《ねむ》ってしまった。

その日から、ひざが痛《いた》むたびに〈おばじない〉が聞こえるようになった。

毎晩《まいばん》、聞きたかった。

ひざは毎夜、うずくようになった。いつも〈おばじない〉が治《なお》してくれた。


水たまりに、青空がうつっていた。

「梅雨《つゆ》の中休みだ」

と、母《かあ》ちゃんがいった。

「ばあちゃんの旅立ちだからな」

と、父《とう》ちゃんが答えた。

「どういうこと？」

母《かあ》ちゃんの袖《そで》を引っぱって、たずねた。

「人は亡《な》くなってから四十九日たつと、あの世に行くの」

そんなの、やだ。ばあちゃんは、行かなくていい。

オコツを、お墓《はか》に入れた。

兄《にい》ちゃんと姉《ねえ》ちゃんは、空を見あげている。

「ばあちゃんは〈おばじない〉になったんだよ」

そっと教えてあげたのに、ふたりは空をあおいだままだった。

汐音《しおん》は、自分のひざを見た。行かないで、ばあちゃん。

その夜もふとんの中で、ひざが痛《いた》みだした。いつもなら、すぐに耳の奥《おく》にひびく〈おばじない〉が、聞こえてこない。ばあちゃん、痛《いた》いよ、ねぇってば。心の中でくり返しよんだ。ばあちゃぁん。

ようやく、聞こえた。しかたがないねぇって、そんな表情《ひょうじょう》が目に浮《う》かぶ声で、

――イタイノ　イタイノ　トンデユケェ
ああ、よかった。ほっとして、眠《ねむ》った。

でも、次の夜も、なかなか来てくれなくて、何度もよんだ。その次の夜は、もっと何度も、何度も。

何度も、何度も、何度も、よびつづけるようになった。そうしてやっと聞こえてくる声も、弱々しくなった気がする。もう今夜は来てくれないかもしれないと、心配でたまらなくなった。そしたら、昼間も足が痛《いた》むようになった。

その日の体育は水泳だった。汐音《しおん》は始まってすぐに水からあがり、フェンスにもたれてプールサイドにすわった。

「汐音《しおん》くん、どうしたの？」

担任《たんにん》の先生がやってきた。

「ひざが、痛《いた》いの」

「昨日《きのう》もそういってたね。保健室《ほけんしつ》で見てもらおうか」

着替《きが》えてから、保健室《ほけんしつ》へ行った。

「二年一組、沖汐音《おきしおん》くん、おいでなさいまし」

低《ひく》くかすれた声にむかえられた。

保健室《ほけんしつ》の中は、木陰《こかげ》みたいな匂《にお》いがする。窓《まど》に伸《の》び広《ひろ》がっている葉っぱのせいだ。

運動場に面している窓《まど》と、海が見える窓《まど》と。

「おひざ、どんなふうに、痛《いた》みますの？」

「ずぅん、って。セイチョウツウなんだ」

「成長痛《せいちょうつう》ならグングングンシップが効《き》き目《め》バツグン、ですわ」

棚《たな》へ向かう先生の背中《せなか》に、声をはりあげた。

「ぼくのひざは、ばあちゃんのおまじないしか効《き》かない！」

先生が、くるっとU《ユー》ターンした。

「んまぁ、すてき！」

目をきらきらさせながら、もどってくる。

「どんな、おまじないですの？」

「イタイノイタイノって……」

妖乃《あやの》先生《せんせい》の顔がぱぁっと輝《かがや》く。

「それ、わたくしも、得意《とくい》ですわ」

そういうなり、両手で汐音《しおん》のひざを包《つつ》みこみ、低《ひく》くかすれた声でとなえようとした。

「イタイノォ、イタイノォ、」

「だめっ」

手をはらおうとしたら、それより先に先生が、

「あら？」

と首をかしげた。

「おひざの中に、どなたかいらっしゃいますわ」

きっと、ばあちゃんだ！　遠くへ行くのをやめて、汐音《しおん》のひざにいることにしたんだね。お願《ねが》い、ずっと、そこにいて。

「なんだか、困《こま》っていらっしゃるような」

どきりとする。ばあちゃんは、遠くへ行きたいんだろうか。そんなこと、ないよね。

「べ、別《べつ》に、困《こま》ってなんかないよ。ぼく、もう行くね」

いすからおりた。

「汐音《しおん》くん、いつでもおいでなさいまし。お力になりましてよ」

妖乃《あやの》先生《せんせい》が見送ってくれた。


そして、四十九日からさらに一週間が過《す》ぎた夜。

ひざがずぅんずぅんとうずく。けれど〈おばじない〉の声はいっこうに聞こえて来ない。いなくなっちゃったの？　泣《な》きそうになりながら、ばあちゃんばあちゃぁんとよびつづけた。やっと聞こえてきた声はかすれて、とぎれとぎれだった。

――ハァ……イタ……イノ……フゥ……フゥ……

胸《むね》を押《お》さえて苦しそうにしているばあちゃんが、目に浮《う》かんだ。

どうしよう。どうにかしなきゃ。

翌朝《よくあさ》、早起きした。ひざが、にぶくうずいている。けれど走った。学校へ――保健《ほけん》室《しつ》へ。開いてますように。

戸に手をかける。かろん、と丸い音を立てて動いた。

「汐音《しおん》くん、おいでなさいまし」

よかった、妖乃先生《あやのせんせい》がいた。

「先生、ばあちゃんを助けて。ぼくのひざに、いるの」

「ええ、お待ちしておりましたのよ」

先生は、汐音《しおん》をベッドにすわらせ、ひざをなでたり、指先でノックしてみたり、耳をあてたりした。

「左のおひざで、〈まゆごもり〉が始まりますわ」

「どういうこと？」

「カイコやガの幼虫《ようちゅう》が、糸を吐《は》きまゆをつくるのをご存《ぞん》じですかしら？　その中で、イモ虫から羽のある姿《すがた》へと変身《へんしん》いたしますの。あなたのおばあさまも変身《へんしん》しようとお考えなのですわ」

「ばあちゃんはもう、〈おばじない〉になってるよ」

「四十九日も過《す》ぎた今、その形でこちらに残《のこ》るのは、無理《むり》なのでございましょう」

「今度は、なにになるの」

「〈おばじない妖怪《ようかい》〉ですかしら」

うめくようだった、昨夜《さくや》の〈おばじない〉が耳によみがえる。

「変身《へんしん》って、苦しいの？」

「自然《しぜん》の理《ことわり》に反していますもの。本来なら安らぎへ旅立つときですから」

言葉の意味はよくわからなかった。でも、先生の声が悲しそうだったから、よくないことだって、わかった。汐音《しおん》のせいだってことも。

「変身《へんしん》しなくていい。ばあちゃんを止めて」

「それは汐音《しおん》くんにしかできませんことよ。あなたが『さよなら』を告《つ》げたなら、おばあさまは変身《へんしん》をやめて旅立たれますわ」

さよなら？

ばあちゃんに、さよなら？

胸《むね》がつかえる。くちびるをかんだ。

汐音《しおん》の両ほおを、ひんやりした手が包《つつ》んだ。黒々と深いひとみが、汐音《しおん》の目をのぞきこむ。

「その悲しみは、わたくしにもわかります。秘策《ひさく》を教えてさしあげますわ。『さよなら』のあとに、『またね』とつけ加《くわ》えますの」

またね。

さよなら、またね。

それなら、いえるかも、しれない。

「汐音《しおん》くんが、お別《わか》れを告《つ》げる決心をされたなら、まゆのところへ行くお手伝《てつだ》いをいたしましょう」

「ばあちゃんに会えるの？」

「行ってみないとわかりません。それに、間にあうかどうかも。どうなさいます？」

「……行く」

「うふ、妖乃《あやの》特製《とくせい》アイテムをご用意してありましてよ」

先生は窓《まど》ぎわのひきだしから、銀色に光るものを取りだした。

「聴診器《ちょうしんき》？」

「聴診器《ちょうしんき》を改造《かいぞう》してつくった、〈聴視診器《ちょうししんき》〉ですわ。わかりやすくいうと、〈聴《き》こえて視《み》える〉アイテムですわね。お貸《か》しするかわりに、聴《き》いたこと視《み》たことを、話してくださいまし。わたくしまだ、人のまゆごもりを見たことがございませんの」

ふつうの聴診器《ちょうしんき》は耳にあてる管《くだ》が二本。先生が持っているものには、その二本の間にもう一本、吸盤《きゅうばん》のついた管《くだ》がある。

「では、お耳に」

先生が、汐音《しおん》の両耳にそれぞれ管《くだ》の先を入れた。

「それから、ここ」

ひんやりした手のひらが、汐音《しおん》のひたいの真ん中をなでる。もう一本の管《くだ》の吸盤《きゅうばん》が押《お》しあてられ、はりついた。

「左のおひざを軽くまげてくださいまし。それでは、おひざに、あてますことよ」

聴視診器《ちょうししんき》の先が、ひざにあてられたとたん、金色の光がはじけた。はじけて、暗くなった。

どぉんどぉんと、海鳴りみたいなひびきに包《つつ》まれる。大波に巻《ま》きこまれたときみたいに、くるくると天と地がわからなくなって——。

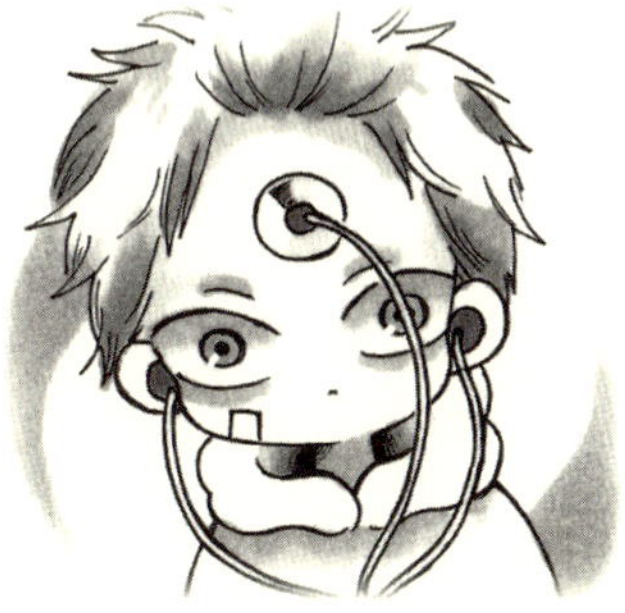

まわりはぼんやり、ゆらゆら、よく見えない。海の底《そこ》みたい。聞こえてくる音も、くぐもっている。

——フゥ、フゥゥ

ばあちゃん？

——フゥ、ウウウ
苦しそうだ。
「ばあちゃん、どこ？　ぼく、来たよ」
汐音《しおん》の声もくぐもっている。けれどその声が水のまくを取りはらい、目の前がくっきりとした。
白く、いびつな、楕円形《だえんけい》が浮《う》かんでいた。ゆがんで、ところどころに穴《あな》も開いている。
——フゥ、ウウウ
声は、その中から、聞こえる。
近づいてみた。大きさは、汐音《しおん》の両手を広げたくらいだ。穴《あな》から、中をのぞいた。
——フゥ、ウウウ
ばあちゃんがいた。すわって、口から糸を吐《は》きだしている。その糸が、この楕円《だえん》をつくっている。これは、まゆだ。ばあちゃんの。
——フゥ、フゥ
吐《は》くたびにばあちゃんは小さくなっている。ああ、自分をけずって糸にしているんだ。背《せ》を丸め、顔をしかめて、苦しそうに糸を吐《は》いている。

汐音《しおん》は思い出す。いっしょにお祭りに行った帰り道、歩き疲《つか》れてぐずる汐音《しおん》を、ばあちゃんはおんぶしてくれた。ほんとは、ばあちゃんも腰《こし》が痛《いた》かったのに。でも、汐音《しおん》のためにがまんした。そしてそのあと、一週間も寝《ね》こんだ。

あのときと、同じだ。

いやだ、同じなんて、絶対《ぜったい》だめ。今度は、汐音《しおん》が、がんばるんだ。

――フゥ、ウウウ
いわなきゃ。

「ばあちゃん……」

いうんだ。

「……さよなら」

そのひとことを、押《お》しだした。そしてあわてて、いい足した。

「またね」

ばあちゃんがこっちを見た。糸を吐《は》くためにすぼまっていた口もとがゆるむ。ゆっくりと上体が前にたおれた。たおれながらも顔はこちらを向いている。汐音《しおん》を見つめ、ほほえもうとして、でもふるえてほほえめない。

「ばあちゃんっ？」

汐音《しおん》は、まゆに抱《だ》きついた。まゆもふるえていた。

苦しいの？　痛《いた》いの？

どうすればいい？

汐音《しおん》は、まゆをなでた。なでながら、となえた。

「いたいの、いたいの、とんでゆけ」

痛《いた》いの、消えろ、消えろ、消えろ。

「いたいの、いたいの、とんでゆけ」

治《なお》れ、治《なお》れ、治《なお》れ。

「いたいの、いたいの、とんでゆけっ」

汐音《しおん》に飛《と》んできていいから。

しゅるしゅる、かすかな音が聞こえてきた。

まゆの糸がほどけて、ばあちゃんへともどっていく。

ばあちゃんが上体を起こした。しゅるしゅる。小さくなっていた体が、汐音《しおん》の覚《おぼ》えているばあちゃんの姿《すがた》へともどっていく。こっちを向いた。しゅるしゅる。目も、口もとも、顔じゅうのしわも、笑《わら》っている。

まゆの糸がすべて、体にもどった。

ばあちゃんは立ちあがり、汐音《しおん》を見つめている。とってもうれしそうに。

「ばあちゃん、さよなら、またね」

ばあちゃんの体が浮《う》きあがる。のぼっていく。ずっと遠くにある、青空へ。

汐音《しおん》はさけんだ。

「またねーっ」

ばあちゃんが、うなずいた。


「おかえりなさい、汐音《しおん》くん。どうでした？」

保健室《ほけんしつ》のベッドの上にいた。ざわわ、グリーンカーテンがゆれる。目をやったら、葉っぱの向こうに、空が見えた。

「ハーブティーをおいれしましてよ。さぁ話してくださいましな」

「あとでね！」

ベッドを飛《と》びおり、運動場に走りでた。空は、夏の始まりの色。濃《こ》くて、ドキドキするような青だ。その青に、小さな白い雲がひとつ、とけていく。

汐音《しおん》は、両手を高くあげてふった。

ひざの痛《いた》みは、きれいさっぱり、消えていた。

二学期

リフジーン

六年一組　魚成《うおなり》　壬《じん》

転校してきて、二週間。

「おいでなさいまし。六年一組、魚成壬《うおなりじん》くん。あら、まぁ、大変《たいへん》。うふっ」

保健室《ほけんしつ》の妖乃《あやの》先生《せんせい》が、とってもうれしそうにむかえてくれた。目をきらきらさせながら、壬《じん》の右手を見つめている。

「さ、見せてくださいまし」

壬《じん》は、右手をつき出した。その手の先には辞書《じしょ》がある。正確《せいかく》にいうと、手のひらが辞書《じしょ》にはさまれている。ぱくりと食いついて、はなれない。

先生は、辞書《じしょ》に聴診器《ちょうしんき》をあてたり、なでたり。そして、満足《まんぞく》そうに笑《わら》った。

「うふ、思っていたとおり。言霊《ことだま》が暴走《ぼうそう》いたしましたわ」

「言霊《ことだま》？」

「言葉には霊力《れいりょく》が宿ります。それが言霊《ことだま》ですわ。そして、辞書《じしょ》は言葉の集まり。この辞書《じしょ》は、あなたの力になりたかったのですわ。けれど、ひとつの言葉に強い思いがかかりすぎ、ゆがみが生まれ、暴走《ぼうそう》してしまいましたの」

真理《まり》ねぇにもらった辞書《じしょ》だ。登校班《とうこうはん》でいっしょだった、三つ年上の先輩《せんぱい》。C大学付《シーだいがくふ》属中学《ぞくちゅうがく》に合格《ごうかく》し、弁護士《べんごし》をめざしている。正義《せいぎ》の味方にあこがれる壬《じん》に、弁護士《べんごし》バッジの意味を教えてくれた。

——ひまわりの花の中に、はかりを描《えが》いてあるの。ひまわりは自由と正義《せいぎ》を、はかりは公正と平等を追いもとめることを、あらわしているんだよ。

自由と正義《せいぎ》、公正と平等。なんてかっこいいんだ。壬《じん》もC《シー》中学《ちゅうがく》を受験《じゅけん》すると決めた。

真理《まり》ねぇは、受験勉強《じゅけんべんきょう》に使った辞書《じしょ》を合格《ごうかく》のお守りに、とゆずってくれた。

この二年間、壬《じん》は辞書《じしょ》をそばに置《お》いて勉強してきた。学校へも持っていき、休み時間に読んだ。合格《ごうかく》する自信《じしん》がついた。

まさか、六年生の二学期に転校することになるなんて……。

父《とう》さんが、じいちゃんの店を継《つ》ぐことにしたからだ。ばあちゃんとじいちゃん、ふたりでやっていたかまぼこ店。ばあちゃんが入院して、看病《かんびょう》と店をひとりでがんばったじいちゃんは腰《こし》を痛《いた》めて、父《とう》さんは「魚成《うおなり》かまぼこ店」をつぶしたくなくて。

壬《じん》は、引っこしと転校が決まってから知らされた。どんなに反対しても、聞きいれてもらえなかった。父《とう》さんはいった。「引っこしても、弁護士《べんごし》はめざせる」。母《かあ》さんまで「家族みんなでがんばりましょ」と、父《とう》さんに味方した。

そして、じいちゃんの家にきた。今まで住んでいた街《まち》から、車で半日かかる海辺《うみべ》の町。中学も高校も公立しかない、この町に。

理不尽《りふじん》だ。

「りふ――」

口ぐせになってしまった言葉をつぶやこうとして、妖乃《あやの》先生《せんせい》の人差《ひとさ》し指《ゆび》に、くちびるを止められる。

「お気をつけあそばせ。暴走《ぼうそう》しているのは、その言葉。危険《きけん》でしてよ。で、も」

先生は得意《とくい》げな顔で言葉を切り、

「ご安心なさいませ。ぴったりの妖乃《あやの》特製《とくせい》アイテムがありますの」

マジシャンみたいな手つきで、白衣《はくい》の右ポケットから小さなつつを、左のポケットからは手帳を取りだした。

「〈言霊回収《ことだまかいしゅう》リップクリーム〉と〈言霊《ことだま》コレクション帳〉ですわ。うふっ。さ、ぬってさしあげますから、じっとして」

くちびるに、ぐるりとひとぬり。

「パワーアップのためにもうひとぬり。ミカンの花のハチミツに、古代エジプト期のパピルス紙のはし切れをとけこませてつくりましたの。くちびるにやさしく、そして言葉を強力に引きつけますことよ」

くちびるが分厚《ぶあつ》くなった気がする。

「さきほどわたくしが止めた言葉、あれを一度だけ声に出しておっしゃって」

「りふじん」

くちびるが、ぷるるるっとふるえた。

「セット完了《かんりょう》ですわ。あとはリップクリームにまかせれば〈暴走《ぼうそう》の場《ば》〉が再現《さいげん》され、言霊《ことだま》を回収《かいしゅう》できますことよ。ほら、都合のよいことに六年生は体育。今のうちに教室におもどりなさいまし」

保健室《ほけんしつ》の窓《まど》から、運動会の練習をする六年生が見える。女子十四名、男子は壬《じん》を加《くわ》

えて十名。入学から卒業《そつぎょう》までクラス替《が》えもない、二十四名の六年生。

「そうそう、コレクション帳は必《かなら》ずお返しくださいましね。うふっ」

右手を辞書《じしょ》にはさまれたまま、左手に手帳を持って、だれもいない教室にもどった。どうしていいかわからないから、とりあえず自分の席《せき》にすわる。と、くちびるがぷるぷるとふるえ、勝手に動きだした。「り」・「ふ」・「じ」・「ん」、声もなくその形に動いた。と思ったら、ひゅーん、目に見えないなにかが飛《と》んできて、くちびるに、はりついた。頭の中で、パカンッと音がした——。

転校翌日《よくじつ》の昼休み。ひとりの女子が教室にかけこんできたと思ったら、壬《じん》の前の席《せき》で号泣《ごうきゅう》し始めた。女子が集まって取りかこむ。聞こうと思わなくても、会話が耳に入ってくる。席《せき》を立つタイミングを逃《のが》してしまった壬《じん》にも、事情《じじょう》がのみこめてきた。

泣《な》いている女子は、ミサキとよばれている。雑誌《ざっし》の読者モデルに応募《おうぼ》して一次審査《じしんさ》が通ったのに、その先に進むことを学校から止められたらしい。勉学のさまたげ、校長先生の判断《はんだん》、切れ切れの言葉を聞いているうちに胸《むね》がざわざわしてきた。壬《じん》には関《かん》係《けい》ないことなのに。そうだ、いつものように辞書《じしょ》を読もう。気持ちをしずめよう。ランドセルの中から取りだし、その赤い表紙をなでた。

「モデルになりたいのにっ」

しぼり出すようなさけびに、壬《じん》の胸《むね》もぎゅっとしぼられた。辞書《じしょ》にふれていた指先が熱《あつ》くなる。いや、熱《あつ》くなったのは、辞書《じしょ》のほうだろうか。指先からなにかが流れこみ、噴《ふ》きあがる勢《いきお》いで腕《うで》へ、のどへとかけのぼり、口から飛《と》びだした。言葉となって。

「理不尽《りふじん》だ！　子どもの夢《ゆめ》を断《た》ち切《き》る権利《けんり》が学校にあるのか。子どもの努力《どりょく》を無《む》にする権利《けんり》が大人《おとな》にあるのか」

泣《な》いていたミサキが身を起こし、ふりむいた。彼女《かのじょ》の机《つくえ》の上のノートに名前が見えた。浦辺岬《うらべみさき》。涙《なみだ》でぐしゃぐしゃな目を見開いている。

「都会に生まれていたなら、モデルになる道は、もっと多くあったろう。養成所《ようせいじょ》や専《せん》門学校《もんがっこう》、オーディション、歩いていてスカウトされる幸運すらある。この町では望《のぞ》めないものばかりだ。でもきみは、その不公平をなげくより、この地でつかめる数少ないチャンスにいどんだ。それを学校が取りあげるというなら、それにかわるチャンスを用意すべきだ」

理路整然《りろせいぜん》、立て板に水、我《われ》ながら、すごい。人前でこんなにすらすらと話せたのははじめてだ。ぽかんとしていた浦辺岬《うらべみさき》の泣《な》き顔《がお》が引きしまっていく。

「そうか、そうだよね」

こちらを向いたまま立ちあがった。すらりと背《せ》が高い。

「ありがとう。あたし、もう一度、校長先生にアタックしてくる」

行きかけて、首をかしげた。

「えーと、最初《さいしょ》の言葉なんだっけ。りふじ？　どういう意味？」

「理不尽《りふじん》。道理にあわない、筋《すじ》が通らないって意味」

「もっとわかりやすく」

「おかしいだろ納得《なっとく》できないぜ、って感じ」

「ほんと、それ！」

シュルル、紙を巻《ま》きとるような音がした。まばたきしたら、壬《じん》は、だれもいない教室にいた。

そうだ、あの昼休みが始まり。辞書《じしょ》が新しい力をあたえてくれたんだ。内向的《ないこうてき》で口《く》下手《べた》だった壬《じん》が、辞書《じしょ》にふれてさえいれば、いくらでも言葉を発せられるようになった。辞書《じしょ》から言葉が流れこんできた。

リフジーンとよばれるようになったのも、あの日からだ。校長室から明るい顔で帰ってきた浦辺岬《うらべみさき》が、最初《さいしょ》によんだ。「正義《せいぎ》の味方、リフジーン！」と。

机《つくえ》の上に置《お》いていた〈言霊《ことだま》コレクション帳〉が、ふれてもいないのに開いた。くちびるにはりついていたものが、はがれ、ひらひらと、一ページ目にくっついた。トンボの羽のようにきらきらと透明《とうめい》で薄《うす》い、ドーナツ型《がた》……よく見れば、くちびるの形だった。

また、くちびるが「り」「ふ」「じ」「ん」と、動いた。ひゅいん、なにかがくちびるにはりつく。頭の中で、パカンと音がした。

転校三日目。理科の授業《じゅぎょう》だった。先生は「生き物と環境《かんきょう》」と黒板に書いてから教室を見まわした。

「先週、観察遠足《かんさつえんそく》に行った浜辺《はまべ》にどんな植物が生えていたか、みんな覚《おぼ》えているか」

壬《じん》が転校してくる前の遠足だ。みんなは、はまゆうだとか、ひるがおだとか、口々に答えている。

「よしよし、ちゃんと覚《おぼ》えてるな。あそこは潮風《しおかぜ》が強かっただろう？　塩分《えんぶん》をふくんだ風だ。お、そうだ、ついでに風の話をしておこう」

脱線《だっせん》し始めた。

「海辺《うみべ》では、昼は海から陸《りく》へ海風が、夜には陸《りく》から海へと陸風《りくかぜ》がふくんだ。そして朝と夕方、陸風《りくかぜ》と海風が切《き》り替《か》わるときに、無風となる。風が止んで、波がなくなり、海面が静《しず》まる。これを凪《なぎ》という。ほら、四年生にいるだろ」

知らない。

先生は、「凪《なぎ》」という字を黒板に、大きくていねいに書く。みんなは、「そういう意味だったんだ」だの、「いい名前だね」だのと感心している。時間のむだだ。問題集をやっていたほうが、まし。そう思ってやり始めたら、注意された。

「まだ先生の話は終わってないぞ」

また、観察遠足《かんさつえんそく》の話にもどった。壬《じん》に関係《かんけい》ない話ばかりだった。

「よし、今から問題集タイムだ」

一分もしないうちに、チャイムが鳴った。

「残《のこ》りは宿題なー」

みんなは文句《もんく》もいわず教科書と問題集を片《かた》づける。壬《じん》も、そのつもりでランドセルを開けた。赤い表紙が目に入った。手にとる。休み時間もこの辞書《じしょ》をそばに勉強してきた。塾《じゅく》のライバルたちにも差《さ》をつけた。だけどこんな授業《じゅぎょう》じゃ、逆転負《ぎゃくてんま》けだ。あんなにがんばってきたのに。

「理不尽《りふじん》です」

辞書《じしょ》をつかんだまま、立ちあがっていた。

「教科書にない話で、時間を浪費《ろうひ》したのは先生です。ぼくはそのせいで、残念無念《ざんねんむねん》、問題集にとりかかることができなかった。これは明らかに先生の過失《かしつ》、それを宿題にして帳尻《ちょうじり》をあわせ、なおかつぼくの時間を奪《うば》うとは、言語道断《ごんごどうだん》です」

つかんだ辞書《じしょ》から熱《あつ》いものが流れこみ、壬《じん》の口からあふれでる。「浪費《ろうひ》」とか「帳《ちょう》尻《じり》」とか「言語道断《ごんごどうだん》」なんて言葉を使ったのは、はじめてだ。

ぽかんとしていた先生が、やっと声を出す。

「いやいや、きみらに必要《ひつよう》な話ばかりだぞ」

「『凪《なぎ》』という常用漢字表《じょうようかんじひょう》にない漢字の説明《せつめい》がありました。あれが理科の授業《じゅぎょう》ですか。これはほんの一例、一事《いちじ》が万事《ばんじ》。取捨選択《しゅしゃせんたく》をまちがえた、本末転倒《ほんまつてんとう》の話が大部分だったように思います。まったくもって受験《じゅけん》にはなんの役にも立たない……」

そこで、くちびるをかんだ。もう中学受験《ちゅうがくじゅけん》はできないんだ。

「もういい、わかった」

先生の声は、おだやかだった。とたんに、壬《じん》の体から、熱《あつ》いものがぬけていく。腕《うで》を下って指へ……その先の赤い表紙へと。

「宿題は取り消す」

先生は教室を出ていった。クラスメイトが拍手《はくしゅ》した。

「さすが、リフジーン」

シュルル。頭の中で音がして、だれもいない教室にもどっていた。あのとき、宿題を取り消してほしかったわけじゃない。ただ、腹《はら》が立《た》ってどうしようもなかった。先生には、そのことがわかっていたのかもしれない。

　手帳がめくれた。吸《す》い寄《よ》せられるようにくちびるから言霊《ことだま》がはなれ、ひらひらと新しいページにはりついた。

　また、くちびるが「り」「ふ」「じ」「ん」と動く。言《こと》霊《だま》が引きよせられ、そのときの記憶《きおく》が開く。パカン。

体操服更衣場《たいそうふくこういば》をめぐっての多数決だった。今日《きょう》の司会役《しかいやく》は女子。副司会《ふくしかい》が男子。

「女子がこの教室を使うことに賛成《さんせい》の人、手をあげてください」

司会《しかい》をのぞく女子全員が手をあげた。

「男子がこの教室を使えばいいと思う人、手をあげてください」

副司会《ふくしかい》をのぞいた男子全員が手をあげる。

「13対9で、女子がここを使うことになりました。男子は二学期も図書室で着替《きが》えてください」

思わず立ちあがった。辞書《じしょ》をつかんでいた。

「理不尽《りふじん》だ。これは多数決で決めることじゃない」

「先に意見を聞きました。そのときだれも手をあげなかったから、多数決にしたんでしょう?」

はじめてだから、わからなかった。こんな一方的《いっぽうてき》な結果《けっか》になるなんて。

「数の暴力《ぼうりょく》だ。二学期は男子がこの教室を使う、それが公正・平等だ。反論《はんろん》があるなら、今ここでいうべし。受けて立つ」

辞書《じしょ》を机《つくえ》の上にどんと置《お》いた。手をあげ意見をいう者はいなかった。

なのに、ホームルームが終わったとたん女子が集まって、壬《じん》を横目で見ながらヒソヒソやり始めた。そのひとりと目があったので、いってやった。

「理不尽《りふじん》なやつらめ」

相手は目をそらした。

シュルル。ひとりの教室にもどる。回収《かいしゅう》された言霊《ことだま》がひらひらと手帳に落ちた。秋の街路樹《がいろじゅ》みたいに、少しにごった赤だった。

このホームルームをきっかけに、よび名が、屁理屈《へりくつ》リフジーンに変《か》わった。そのことにも、理不尽《りふじん》だと腹《はら》が立《た》った。理不尽《りふじん》だと思うことが、どんどん増《ふ》えていった。

くちびるが動く「り」「ふ」「じ」「ん」。言霊《ことだま》がくちびるにはりつく。パカン、と記《き》憶《おく》が開く。シュルル。ひとりの教室へともどっている。言霊《ことだま》が手帳にはりつく。それが、くり返された。

この学校では給食《きゅうしょく》の時間に、栄養士《えいようし》の七味《ななみ》先生《せんせい》が各教室《かくきょうしつ》を回る。「ダイエットはだめ」とか、「食欲《しょくよく》がないのかい？」とか、生徒《せいと》に声をかける。

「おや、イワシの頭を残《のこ》してんのかい？　やわらかく煮《に》てあるから食べてごらん」

壬《じん》はそう声をかけられた。

「魚の頭は苦手なんです。気味が悪い」

じいちゃんのかまぼこづくりは、魚をさばくことから始まる。切り落とされ山となった魚の頭を、幼《おさな》いころに調理場で見てしまった。あれは、こわかった。

七味《ななみ》先生《せんせい》は笑《わら》った。

「魚成《うおなり》かまぼこ店の孫《まご》が、それじゃ、だめだろ」

「理《り》不《ふ》尽《じん》ですっ」


修学旅行《しゅうがくりょこう》は六年生の二学期、だと思いこんでいた。前の学校ではそうだった。

この学校は、一学期に修学旅行《しゅうがくりょこう》をすませていた。壬《じん》は、修学旅行《しゅうがくりょこう》なし。

「理《り》不《ふ》尽《じん》だぁ」


養護《ようご》の妖乃《あやの》先生《せんせい》によびとめられた。

「お気をつけあそばせ。言葉には霊力《れいりょく》がございます。恨《うら》みをこめた言葉ばかり使っていると、あなた自身に負のエネルギーがたまりますことよ」

ふみつけられたものが、さらに不幸になるっていうこと？

「それ、理不尽《りふじん》です」

「うふっ。困《こま》ったらいつでも、保健室《ほけんしつ》へおいでなさいまし」


傘《かさ》を持っていない日に限《かぎ》って、雨が降《ふ》った。

「理不尽《りふじん》な！」


なにもかもが、理不尽《りふじん》だった。だから、そういいつづけた。

コレクション帳のページが、埋《う》まっていく。

枯《か》れ葉《は》みたいにひびわれたもの、ちぢれてよれよれしたもの、ぬるぬるしたのも……。

なにかへんだ。胸《むね》がざわざわする。これはほんとうに、〈理不尽《りふじん》〉の言霊《ことだま》なのか。

その言葉は、りん、としていたはずだ。

――筋《すじ》の通らないことに〈理不尽《りふじん》だ〉と声をあげられる弁護士《べんごし》になる。

真理《まり》ねぇの口から出たときは、まっすぐで熱《あつ》かった。

そして、納得《なっとく》できない状況《じょうきょう》と戦《たたか》う壬《じん》の、正義《せいぎ》の剣《けん》だった。〈理不尽《りふじん》だ！〉と。

なのに、どうして、こんなふうに……。

妖乃《あやの》先生《せんせい》がいってたっけ。ゆがみが生まれたって。

ゆがめてしまったのは、壬《じん》か。

言霊《ことだま》を回収《かいしゅう》して、それでもとにもどるんだろうか。

手帳の残《のこ》りは、あと一ページ。

くちびるが、「り」「ふ」「じ」「ん」と動く。

一時間前に吐《は》きだした言霊《ことだま》が、ぬらっと、くちびるにもどってきた。

パカンッと、その場面がもどってきた。


「やったぁ、魚成《うおなり》かまぼこの復活《ふっかつ》だぁ」

となりの席《せき》の水平広《みずひらひろし》が、給食《きゅうしょく》にかまぼこが出たと、はしゃいでいる。

そういえば父《とう》さんとじいちゃんが、今日《きょう》から学校給食《がっこうきゅうしょく》への納入再開《のうにゅうさいかい》だと、はりきっていた。

「たかが、かまぼこ。そんなにうれしいかよ」

意地悪くつぶやいても、広《ひろし》のテンションは下がらない。

「この町の名産《めいさん》じゃん。鉄板焼《てっぱんや》きのかまぼこって、めずらしいんだぞ。いっただっきまーす」

口に入れ、

「うん？　ビミョーに味が変《か》わった？」

首をひねっている。

「父《とう》さんがつくってんだよ。じいちゃんはまだ作業できないから」

じいちゃんはコルセットをして調理場のいすに腰《こし》かけ、父《とう》さんを猛特訓《もうとっくん》していた。

住まいが店の奥《おく》にあるから、出入りするときにいやでも目に入った。

「なぁるほど。魚成《うおなり》のじっちゃんは名人だもんな。あの味に達《たっ》するには、まだまだ修《しゅ》業《ぎょう》が必要《ひつよう》ってことだね。けどさ、リフジーンの父《とう》ちゃんが店を継《つ》いでくれることになって、ほんと、めでたしめでたしだよ」

「なにが、めでたいんだよっ」

壬《じん》は机《つくえ》の中の辞書《じしょ》をつかんでいた。

「理《り》不《ふ》尽《じん》だ。なぜぼくが、おまえの食い気の犠《ぎ》牲《せい》にならなきゃいけないんだ」

「へ？　おれ、なんかした？」

広《ひろし》がきょとんとする。

「おまえみたいな客がいるから、じいちゃんは無《む》理《り》をして腰《こし》を痛《いた》めた。父《とう》さんは店を継《つ》ぐために仕事をやめて、この地に引っこした。そのとばっちりで、ぼくは問答無用《もんどうむよう》に転校、中学受験《ちゅうがくじゅけん》もあきらめさせられた。理《り》不《ふ》尽《じん》さ、なぁ理《り》不《ふ》尽《じん》だろ、理《り》不《ふ》尽《じん》もいいとこだ！」

「リフジーン、どうした？」

「なにもかも理《り》不《ふ》尽《じん》！　理《り》不《ふ》尽《じん》ばかり！」

辞《じ》書《しょ》が、ばさりと床《ゆか》に落ちた。拾《ひろ》おうと腕《うで》を伸《の》ばしたそのとき、ページがパラパラパラとめくれた。どのページの、どの項目《こうもく》も、同じだった。すべてのページに、たったひとつの項目《こうもく》が並《なら》んでいる。

〈理《り》不《ふ》尽《じん》〉——道理にあわないこと。筋《すじ》が通らないこと。

思わず、手を引いた。それがいけなかった。辞書《じしょ》は、逃《に》げようとした壬《じん》を許《ゆる》せなかったのだろう。バクッ。指先をはさまれた。ふり落とそうとしたら、もぐもぐもぐとせりあがってきて手のひら全体を、はさみこんだ。
壬《じん》は、右手を胸《むね》にかかえ、保健室《ほけんしつ》へかけこんだ。

シュルル。紙を巻《ま》きとるような音とともに、ひとりきりの教室にもどっていた。
壬《じん》は左手で、くちびるをおおう。
この言霊《ことだま》を、コレクション帳にはりつけたら、回収終了《かいしゅうしゅうりょう》だ。
それで？
コレクション帳を妖乃《あやの》先生《せんせい》に返して、おしまい。
あとは、忘《わす》れるだけ。
……なんか、ちがう。
くちびるから言霊《ことだま》がはがれる。押《お》さえた手の中で、あばれ始める。
辞書《じしょ》にはさまれたままの指先が、チリっと痛《いた》んだ。痛《いた》みとともに、なにかが、伝《つた》わ

ってくる。かすかなかすかな、ささやき。

――〈ずる〉

痛《いた》みが、胸《むね》までとどいた。チクッ。

ああ、そのとおりだ。今、壬《じん》がやっていることは、〈ずる〉。自分が生んだ言霊《ことだま》を回《かい》収《しゅう》して、人に渡《わた》して、忘《わす》れてしまうなんて、ずるっこだ。

最後《さいご》のひとつ、これをコレクション帳にはってしまったら、壬《じん》は〈理不尽《りふじん》〉という言葉を二度と、まっすぐ、熱《あつ》く、発せられなくなるだろう。

それは、いやだ。

壬《じん》は、手のひらで暴《あば》れる言霊《ことだま》を、口の中へ押《お》しこんだ。苦く、シュワシュワと泡立《あわだ》つ。無理《むり》やり、のみこんだ。そしたら、身をよじるほどはずかしくなった。壬《じん》は、なんてことを、広《ひろし》にいってしまったんだろう。

ふっと右手が軽くなり、辞書《じしょ》から手が引きぬけた。ああ、そうだったのか。辞書《じしょ》がなんのために壬《じん》の手をはさんだのか、やっとわかった。壬《じん》を止めたかったんだ。これ以上《いじょう》、ゆがんでしまわないように。そして今、なんのために放したのかも、わかった。

壬《じん》は自由になった両手で、コレクション帳の言霊《ことだま》をはがし、口に押《お》しこんだ。一ページずつもどりながら、すべての言霊《ことだま》を、のみこんでいく。そのたびに、はずかしくてたまらなくなったり、自分に腹《はら》を立《た》てたり、悲しくなったりした。

それでも、始めのページまでもどり、その言霊《ことだま》をのみくだし終えたとき、これでよし、と思えた。

チャイムが鳴った。壬《じん》は自分の席《せき》にすわって待つ。体育を終えたクラスメイトの声と足音が、近づいてくる。ドアが開いた。待っていた声が、入ってきた。壬《じん》は立ちあがる。広《ひろし》と目があった。

「ごめん」

ひとことといって、つまる。

「ごめん、さっきの、やつあたり」

へへ、と広《ひろし》が笑《わら》った。

「んじゃ、お互《たが》いさまってことで。へへ、じつは、リフジーンが残《のこ》したかまぼこ、食っちゃったんだ。そんで、ちゃら」

「……ちゃらにできるほど、うまかった？」

「いや、まだまだ。でも、ちゃら」

「ありがとう」

いってから気づいた。「ごめん」も、「ありがとう」も、ひさしぶりに口にした。

そのあと、コレクション帳を、保健室《ほけんしつ》に返しにいった。

そしたら、

「ああん！」

妖乃《あやの》先生《せんせい》に、涙目《なみだめ》の悲鳴をあげられてしまった。

ちゃんと返したのに、なんで。りふじ……いやいや、きっと、壬《じん》にはわからない事情《じじょう》があるのだろう。

帰宅《きたく》して、魚成《うおなり》かまぼこ店の戸を開けたら、父《とう》さんひとりだった。じいちゃんは奥《おく》で休んでいるんだろう。母《かあ》さんはきっと、ばあちゃんの病室だ。

さっさと通りぬけて住まいのほうへ行こうとしたら、父《とう》さんが声をかけてきた。

「今日《きょう》、給食《きゅうしょく》にかまぼこ出たろ？　みんなの反応《はんのう》、どうだった？」

父《とう》さんとは、引っこし以来《いらい》、ほとんど口をきいていない。

「不評《ふひょう》」

ひとことだけ答えて、顔も見ず横を通りぬける。

いや待て。広《ひろし》に借《か》りがある。あいつの食い気に協力《きょうりょく》しよう。壬《じん》は立ち止まり、ふり返った。父《とう》さんと、しっかり目をあわせるのは、引っこしてからはじめてだ。

「〈魚成《うおなり》かまぼこ〉ファンからの伝言《でんごん》。じいちゃんの味にはまだまだ遠い。もっと修《しゅ》業《ぎょう》しろって。でも、喜《よろこ》んでた。この店のかまぼこが、復活《ふっかつ》したこと」

父《とう》さんの目じりが急に下がるから、あわてていい足した。

「でも、ぼくは、継《つ》がないから。弁護士《べんごし》になるんだから」


その後も、壬《じん》は毎日、辞書《じしょ》をランドセルに入れている。でも、あれからまだ一度も辞書《じしょ》を開いていない。

〈理不尽《りふじん》〉で埋《う》まっていたページがどうなったか……たしかめるのが、こわい。

腹巻☆夢《はらまきんどりーむ》

五年一組　浦辺《うらべ》　満《みちる》

別《べつ》に、やりたかったわけじゃないけど。読者モデルなんて。

ひとつ上の姉、岬《みさき》が応募《おうぼ》するって騒《さわ》ぐから、ちょっとまねしただけ。姉妹で表紙を飾《かざ》れたらすてき、なんてママもいうし。

そしたら夏休みに、岬《みさき》にだけ、面接通知《めんせつつうち》がきた。別《べつ》に、やりたかったわけじゃないから、いいんだけど。けど、なんで、岬《みさき》がよくて満《みちる》がだめなの？

年子《としご》のせいもあって、小さいころから、よく似《に》た姉妹だっていわれてきた。くりっとした目とか、ふっくらしたくちびるとか。でも、かわいいねっていわれる回数は、満《みちる》のほうが多かったはず。

リビングのソファで、岬《みさき》がとどいたばかりの面接通知《めんせつつうち》を広げて、見せびらかす。

「なんで」

つい、声に出してしまった。すぐさま、岬《みさき》が答えた。

「スタイルがぜーんぜん、ちがうから」

「……そんなに、変《か》わらない」

と、思う。

「あたしのお古のスカート、ウエストがきつくて、はけなかったくせに」

「あ、あれは、岬《みさき》のお古なんて、かっこ悪くて着たくなかっただけ」

「へーえ。じゃ聞くけど、体重何キロ？」

岬《みさき》って、こういうとき、すごく意地悪な声を出せるんだ。

「満《みち》ってぇ、あたしより身長が低《ひく》いよねぇ。でも、体重はあたしより多いんじゃないい？」

ほんの少しだ。ふっくらしてカワイイ、くらい。

岬《みさき》が、腰《こし》に手をあて足を交差《こうさ》させ、モデルポーズで笑《わら》った。

「ふっふふん」

満《みちる》はくちびるをかんでから、いい返した。

「ちょっとダイエットすれば、すぐに、岬《みさき》よりいいスタイルになるもんね」

「きゃはっ、楽しみぃ」

だけど夏休みにダイエットするのは、ちょっとなぁ。冷《つめ》たいジュースを飲みたいし、アイスクリームも大好《だいす》きだし、運動なんてしたら熱中症《ねっちゅうしょう》になっちゃうし。うん、ダイエットは二学期からにしよう。そんで今は、甘《あま》いものをがまんしている岬《みさき》の前で、おいしいものをたくさん食べてやる。

その数日後、大きな姿見《すがたみ》がとどき、リビングに置《お》かれた。岬《みさき》がママにたのんで買ってもらったんだ。岬《みさき》ときたら一日じゅう、その前を行ったり来たり。いすに腰《こし》かけるときも立ちあがるときも、鏡《かがみ》を見ている。「動作も美しくなきゃね」だって。

今朝《けさ》も、岬《みさき》は姿見《すがたみ》に向かって、「美しく歩く練習」とかやってる。満《みちる》は、その後ろを通りざま、ちらりと姿見《すがたみ》に目をやる。鏡《かがみ》の中で岬《みさき》と満《みちる》が交差《こうさ》する。

えっ？　思わず顔をそむけ、鏡《かがみ》から逃《に》げた。そのままリビングを出る。

ショック。自分と岬《みさき》、こんなにちがってたなんて。岬《みさき》の歩く姿《すがた》は、かっこよかった。

スッスッ、って。それにくらべて……。

洗面所《せんめんじょ》で、そっと、体重計にのってみた。前に量《はか》ったのは、読者モデルに応募《おうぼ》したとき。けっこう増《ふ》えていた。アイスクリームのせい？　ジュース？　シュークリーム？　ポテトチップス？　おやつ、減《へ》らしたほうがいいかな。

体重計にのったまま悩《なや》んでいたら、背中《せなか》から、岬《みさき》の声がした。

「夏に太るって、ある意味、すごい。きゃはっ」

その笑《わら》い方《かた》、大きらい。

「岬《みさき》の性格《せいかく》ブス！」

「満《みちる》は性格美人《せいかくびじん》だっけ？　心だけ見てもらえたらモデル審査《しんさ》も合格《ごうかく》？　きゃはは」

絶対《ぜったい》、岬《みさき》より、細くなってやる。ごはんはおかわりしない。おかずも残《のこ》すって決めた。


二学期が始まった。

ぜんぜん、やせない。せっかく、ごはんとおかずを減《へ》らしているのに、おやつを食べちゃうから。食べないって決めても、食べちゃう。

給食《きゅうしょく》も、減《へ》らすことにした。当番さんによそってもらうときに、半分だけ、ってたのむ。それができないものは、同じ班《はん》の子に食べてもらう。残《のこ》すと、栄養士《えいようし》の七味《ななみ》先《せん》生《せい》がうるさいもん。

その日は、五時間目が体育だった。まだ夏みたいに暑くて、満《みちる》は、準備体操《じゅんびたいそう》の途中《とちゅう》で、ふらぁとした。目の前が暗くなった。あ、たおれる。地面にぶつかるまえに、だれかに抱《だ》きとめられた。いい匂《にお》い……。

気づいたら、ベッドの上で、冷《つめ》たいお茶を飲んでいた。背中《せなか》にクッションがあてがわれ、上半身を起こしている。保健室《ほけんしつ》だ。運動場側《うんどうじょうがわ》の窓《まど》にはグリーンカーテンが茂《しげ》り、もうひとつの窓《まど》の向こうは海。

「おいでなさいまし、五年一組、浦辺満《うらべみちる》さん」

コップに手をそえているのは、養護《ようご》の妖乃《あやの》先生《せんせい》。

「妖乃《あやの》特製《とくせい》ハーブティーでしてよ。このグリーンカーテンの葉でつくりましたの」

ほんのり甘《あま》く、そのくせ、すーっとさわやかさが広がる香《かお》り。受けとめられたときに感じた匂《にお》いだ。抱《だ》きとめて、ここまで運んでくれたのは、妖乃《あやの》先生《せんせい》らしい。

「さて、お熱《ねつ》はありませんわね。おなかをこわしているようでもなく。まぶたの裏《うら》を見せてくださいまし。あら、少し貧血気味《ひんけつぎみ》ですかしら。はい、お口の中も」

ひんやりした手が、満《みちる》のひたいやのどにふれる。ひととおり調べると、先生は腕組《うでぐ》みして、満《みちる》の目をのぞきこんできた。

「満《みちる》さん、今朝《けさ》のお食事は、なんでした？」

「バナナ半分と牛乳《ぎゅうにゅう》」

もっと食べたかったけれど、がまんした。

「給食《きゅうしょく》は、全部、召《め》しあがりました？」

うなずくつもりが、先生の大きな目に見つめられ、正直に首を横にふっていた。

「ううん」

「七味《ななみ》先生《せんせい》のカンがあたりましたわねぇ」

「え？」

「給食室《きゅうしょくしつ》からも、運動場のようすが見えますのよ。それで」

「それで？」

かろん、と、戸の開く音がした。

「具合はどうだい？」

野太い声とおいしそうな匂《にお》いが、いっしょに近づいてきた。ぐるるー、おなかが騒《さわ》ぐ。

「養護《ようご》の先生《せんせい》、あたしのいったとおりだったろ？」

「ええ」

「この机《つくえ》、借《か》りるよ。さ、満《みちる》ちゃん、しっかりお食べ」

七味《ななみ》先生《せんせい》が置《お》いたおぼんには、おにぎりとたまごやきと具だくさんみそ汁《しる》。ぐるるる。

「ダイエットしてたって？　とぼけてもだめ。クラスの子たちに白状《はくじょう》させたからね」

もうだめ、がまんできない。ベッドをおりて、おぼんの前にすわる。やだ、おいしそう、やん、おいしい、やぁん、今までの苦労《くろう》がパア。

「成長期《せいちょうき》のダイエットなんて、とんでもないこった。それに、あたしがつくる給食《きゅうしょく》は、栄養《えいよう》のバランスが取れておいしいってだけじゃないんだよ」

満《みちる》の食べっぷりに目を細めつつ、七味《ななみ》先生《せんせい》が、いつもの演説《えんぜつ》をはじめる。

「山田《やまだ》のじっちゃんが精魂《せいこん》こめた無農薬米《むのうやくまい》に、秋津《あきつ》農園《のうえん》の有機《ゆうき》農法《のうほう》野菜《やさい》、魚八《うおはち》さんが仕入れてきてくれる新鮮《しんせん》な魚、卵《たまご》ととり肉は、ムラさん夫婦《ふうふ》が放《はな》し飼《が》いで育てた地ど

り。魚成《うおなり》かまぼこ店は、焼きたてかまぼこをとどけてくれる。あんたたちをよく知っている人たちが、あんたたちのために、手間ひまかけた材料《ざいりょう》を商売ぬきで分けてくれてるんだ。この学校の給食《きゅうしょく》は、この町の、子どもたちへの愛情《あいじょう》そのもの。そしてそれを最大級《さいだいきゅう》にいかしてとどけるのが、この七味美子《ななみよしこ》の使命」

七味先生《ななみせんせい》は、大きな手で分厚《ぶあつ》い胸《むね》をたたく。給食用鍋《きゅうしょくようなべ》をひとりで持ちあげる、太い腕《うで》。ふんばる足もたくましい。

熱血栄養士《ねっけつえいようし》の演説《えんぜつ》を中断《ちゅうだん》させたのは、低《ひく》くかすれた、でも凪みたいに軽やかな声だった。

「満《みちる》さん、そんなにおなかをすかせてまで、なぜ、ダイエットなさいますの？　わけを聞かせていただければ、お力になりますわよ」

七味先生《ななみせんせい》がむっと、妖乃先生《あやのせんせい》をにらむ。

「満《みちる》ちゃんは、しっかり栄養《えいよう》をとらなきゃならない年ごろだ。食事制限《しょくじせいげん》が必要《ひつよう》な体形でもない」

妖乃先生《あやのせんせい》は、にっこり受け流す。

「満《みちる》さんはやせたいわけではなく、そう見えればよいだけでは、ございません？」

あっ。いわれてみれば。

「できるの？　岬《みさき》よりスタイルよく見える？」

妖乃《あやの》先生《せんせい》がうふっと笑《わら》い、七味《ななみ》先生《せんせい》はやれやれ、とため息ついた。

「校長がモデル応募《おうぼ》なんて許可《きょか》するから。で、養護《ようご》の先生《せんせい》はどうするつもりだい？」

「着やせテクニックを伝授《でんじゅ》いたしましょう」

「着やせ？」

と、満《みちる》。

「お洋服の着方を工夫《くふう》しますの。人の目の錯覚《さっかく》を利用《りよう》しますのよ」

「錯覚《さっかく》？」

と、七味《ななみ》先生《せんせい》。

「たとえば」

と、妖乃《あやの》先生《せんせい》がノートにボールペンで同じ長さの線を二本、書いた。

「同じ長さの線でも、線の両はしにつける矢バネの方向で、すらっと見えたり、ずんぐり見えたりいたします」

ほんとだ。線の長さがちがって見える。

「もしかして、V《ブイ》ネックが細く見える？」

「そのとおりですわ、満《みちる》さん。お洋服の色も大事でしてよ。紺色《こんいろ》は引きしまって見えますし、黄色は広がって見えますでしょ」

七味《ななみ》先生《せんせい》は、

「ふうん」

と、どうでもよさそうな声を出した。

「それなら体に害《がい》はなさそうだ。今持っている服で工夫《くふう》できるよう、考えてやっておくれね。さて、満《みちる》ちゃん、全部きれいに食べたね、よしよし。じゃ、あたしは、これで」

七味《ななみ》先生《せんせい》が、おぼんを持って出ていく。

「あとは、おまかせくださいまし」

かろん。妖乃《あやの》先生《せんせい》は戸を閉《し》めるなり、

「うふっ、うふふっ」

満面《まんめん》の笑《え》みでこちらを向いた。

「わたくし、とびきりの着やせアイテムを思いつきましてよ。さっそくおつくりいたしましょう、うふふふふ」

うきうきと戸棚《とだな》から取りだし机《つくえ》に並《なら》べたのは、虹色《にじいろ》ガラスの小びんと、片手《かたて》にのるほどの陶器《とうき》の壺《つぼ》。ふたつきの壺《つぼ》で、おばあちゃんが梅干《うめぼ》し漬《づ》けに使っているのとそっくりだ。

「思いを熟成《じゅくせい》させるには、漬《つ》けもの壺《つぼ》がいちばんですのよ」

先生はふたを取り、中のものを引っぱりだした。ピンクの布《ぬの》だ。

「はい、満《みち》るさん。広げて持ってくださいまし」

サラサラと肌《はだ》ざわりよく、軽い。スカーフかな。ううん、ちがう。長方形のつつだ。

「シルクの腹《はら》巻《ま》きですわ。ダイエット腹《はら》巻《ま》きとして試《し》作《さく》されたもののウールに負けて商品化されず、壺《つぼ》の中《なか》でかなわなかった夢《ゆめ》を思いつづけていましたの」

「夢《ゆめ》って？」

「女の子をすてきなスタイルにしたい、と。うふ、満《みちる》さんの願《ねが》いとぴったりかみあいますでしょう？　でもまだ、これだけでは、錯覚《さっかく》を起こせません。そこで、」

先生は、うふふふと、小びんを手にとった。香水《こうすい》びんみたいで、すてき。

「妖乃《あやの》特製《とくせい》〈シンキロウスプレー〉の出番ですわ。大ハマグリのあくびを集め、凝縮《ぎょうしゅく》したものですの」

腹巻《はらま》きにシュッとひとふき、潮《しお》の香《かお》りが広がる。

「急にスタイルが変《か》わるとへんに思われますから、今日《きょう》はこれだけ。身につけてごらんなさいまし」

体操服《たいそうふく》の上から、腹巻《はらま》きをつけてみた。きつすぎず、ゆるすぎず、軽い。こんなので、ほんとにやせて見えるのかなぁ。

先生が満足《まんぞく》げにうなずく。満《みちる》は壁《かべ》にかかった鏡《かがみ》に自分を映《うつ》す。ん？　体をひねって見る。なんだか腰《こし》のあたりがすっきりしたような。足も長くなったかも？　微妙《びみょう》に、イイ感じ。

「お洋服の中にかくしたほうがおしゃれでしてよ。うふ、新アイテムの名前は……」

満《みちる》のネーミングが不満《ふまん》だったのか、先生はちょっと口をとがらせた。

「ストレートですこと。さて、注意点を申しあげますことよ。錯覚《さっかく》でございますから体重計の数字は変《か》わりません。お洋服のサイズも変《か》えられません。それと、洗濯《せんたく》はなさいませんように。水溶性《すいようせい》ですから、効《き》き目《め》が水に流れてしまいます」

ママや岬《みさき》に見つからないようにしなきゃ。

「もうひとつ、カメラのレンズはごまかせません。本物のシンキロウほどの力はございませんから」

記念写真《きねんしゃしん》をとっておきたかったのに、残念《ざんねん》。

この日、満《みちる》のスタイルがよくなったことに気づいたのは、ふたり。ダイエットに協《きょう》力《りょく》して給食《きゅうしょく》のおかずを食べてくれてたクラスメイトが、成果《せいか》がでてきたね、って。

もうひとりは、姉の岬《みさき》。口に出してはいわなかったけれど、夕食の席《せき》で満《みちる》のウエストあたりをじっと見つめてた。そして、ごはんをおかわりする満《みちる》を、

「ふんっ」

「〈着やせ腹巻《はらま》き〉！」

と、鼻で笑《わら》った。あれは、せっかくダイエットの成果《せいか》がでてきたのにおじゃんねって意味だ。ふふん、ダイエットなんて、もうやらないもんね。

翌日《よくじつ》、保健室《ほけんしつ》で〈シンキロウスプレー〉を、またひとふき、腹巻《はらま》きにかけた。クラスの仲良《なかよ》しメンバーと七味《ななみ》先生《せんせい》とママが、満《みちる》のスタイルに気づいた。夕食のとき、姉の岬《みさき》が、三つ目のハンバーグを食べる満《みちる》をにらんでいた。ふふふん、あぁいい気分。

さらにその翌日《よくじつ》も朝いちばん、保健室《ほけんしつ》でシュッ。妖乃《あやの》先生《せんせい》が、

「それで完成《かんせい》ですわ」

と、小びんを戸棚《とだな》の奥《おく》にしまった。

クラスメイトはもちろん、行きちがう女子みんなに、声をかけられた。

「満《みちる》ちゃん、スタイルがすごくよくなったね」

満《みちる》は鏡《かがみ》が大好《だいす》きになった。お風呂《ふろ》の鏡《かがみ》だけは見ないようにしたけれど、家の姿見《すがたみ》はもちろん、よその家のガラス窓《まど》にも、学校でも、自分を映《うつ》した。そして、気づいた。ウエストが細くなって、足も長くなって、スタイルはとてもよくなったけれど、顔がふっくらしたままだ。

腹巻《はらま》きをつけ始めて四日目。

「先生、もう一回だけシュッ、させて。顔もほっそり見せたいの」

「お顔は腹巻《はらま》きの夢《ゆめ》のそと。シンキロウは起きません」

「試《ため》してみるだけ」

「だめですわ。これ以上《いじょう》は、副作用《ふくさよう》の心配がございますから」

だけど、やっぱり気になった。せっかく体がきゅっと引きしまったのに、ふっくら顔じゃぁアンバランス。もう一度たのんでみようと、放課後《ほうかご》、保健室《ほけんしつ》に行った。

だれもいなかった。

戸棚《とだな》のガラスに、ふっくら顔が映《うつ》っている。戸を開けた。あれがどこにあるか確認《かくにん》するだけ。あった。先生はまだ来ない。そうだ、腹巻《はらま》きの力がとどかないなら、顔に直接《ちょくせつ》かけたらどうだろう。満《みちる》は小顔を夢見《ゆめみ》ているんだから、シンキロウが起きるんじゃない？　試《ため》してみようか。ちょっとだけ。しかられたら、ごめんなさいってあやまればいい。

スプレーを自分のほおにむけて、目をつぶった。シュッ。

目を開けたら、ガラスに映《うつ》る顔がすっきり卵型《たまごがた》になっていた。

うわぁ。やった。これで完《かん》ぺき。小びんを棚《たな》に返そうとして、手が止まった。自分の体にスプレーしたらどうなるんだろう。腹巻《はらま》きにたよらなくてもよくなるかも。

小びんをポケットに入れた。ひと晩《ばん》、借《か》りるだけ。あしたの朝には返すから。

そしてその夜、お風呂《ふろ》あがりに体にシュッ、とひとふき。鏡《かがみ》をのぞく。思ったとおり、引きしまってイイ感じ。おまけのシュッ。いつものパジャマを着たのに、いつもの数倍すてきに見えた。岬《みさき》に見せつけてやろうと思ったのに、もう部屋《へや》が暗かった。

お肌《はだ》のために早寝《はやね》、そして早朝ジョギングしてるんだ。あしたの朝、満《みちる》を見たらどんな顔をするだろう、ああ楽しみ。


――ひどぉい。

だれかが、満《みちる》を責《せ》めている。

――ハマグリのあくびなんて、かけないで。ベタベタもやもや、息苦しい。腹巻《はらま》きはがまんしたけど、もういいや。

だれ？

――カラダ。満《みちる》のカラダ。さぁ起きて、この気持ち悪いものをシャワーで洗《あら》い流《なが》すの。

やぁよ。

――カラダのうったえを、無視《むし》するの？

きれいなほうがいいもん。

――ひどぉい。

うるさいなぁ。スプレーのかけ方が悪かったのかな。そうだ、もうひとふきしたらおとなしくなるかも。腹巻《はらま》きのときも、三回したもんね。

――させないっ。

手足が硬直《こうちょく》した。金縛《かなしば》りだ。

なによ、カラダのくせに。思うとおりに動きなさい！

――ひどい、ひどぉいっ。

ますます金縛《かなしば》りがきつくなる。

カラダなんて、大きらい。

——アタシも、あんたなんて、だいっきらい。

カラダを、つき飛《と》ばした。同時に、つき飛《と》ばされた。

バチチッ。全身に静電気《せいでんき》が走った。目が覚《さ》めた。

部屋《へや》が、ほの明るい。カーテンを開けようか、時計を見ようか。迷《まよ》う気持ちのまま、
ふわふわ、ただよう……ええええっ？

満《みちる》は、けむりみたいに、宙《ちゅう》をただよっていた。そして下には、かけぶとんをけとばして眠《ねむ》る満《みちる》のカラダ。おへそのあたりから、けむりが出ている。

え？　なに、これ。

ぱちり、とカラダが目を開けた。ぼんやりした顔で起きあがり、歩きだす。

（どこいくのっ）

さけんだつもりが声が出ていない。ないしょ話みたいに息だけだ。そしてけむりでつながったまま引っぱられ、ゆらゆらついていく。カラダは、風呂場《ふろば》へ向かった。

（やだ、だめ）

カラダは満《みちる》をちらりと見てから、顔にも、体にもシャワーを浴《あ》びた。ハマグリのあくびがきれいさっぱり流されたら、前よりぽっちゃりして見えた。

部屋《へや》にもどると、カラダはいちばん着心地のいい、けれど太って見える服を着た。

(腹巻《はらま》き、つけてよ)

カラダは腹巻《はらま》きをつまみあげ、首をかしげ、ベッドの下へ投《な》げこんだ。

性格《せいかく》、悪いし!

そして軽い足どりでダイニングへ向かった。満《みちる》はまた、引っぱられ、ついていく。

「満《みちる》ちゃん、おはよう。あらぁ今朝《けさ》は、ふっくらして見えるわ」

(ママッ、こっちみて)

「健康的《けんこうてき》でいいじゃないか」

(パパッ、聞こえないの?)

パパもママも、何度よんでも、宙《ちゅう》に浮《う》かぶ満《みちる》に気づかない。カラダは、トーストにジャムをたっぷりのせて、かぶりついている。幸せそうな顔がにくたらしい。いっそ別《わか》れてやろうかと、ぐうんとはなれた。カラダとつながるけむりもぐうんと伸《の》ばされ細くなる。

ぞぞぞっと悪寒《おかん》が走った。冷《ひ》えていく。めまいがして、気が遠くなる。

あわててカラダの近くへもどると、悪寒《おかん》もめまいも消えた。カラダが青ざめて、こっちを見ている。うーん、はなれるのはまずいみたい。

「満《みちる》っ？」

ダイニングの入り口でさけび声がした。岬《みさき》だ。ジョギングから帰ってきたばかりなのだろう、ほおが上気《じょうき》して赤い。ジャージ姿《すがた》で首にタオルをかけた格好《かっこう》でつっ立ち、パンをほおばるカラダと、その頭上にただよう満《みちる》へと目を動かしている。

「岬《みさき》、どうしたの、朝からそんな声を出して」

と、ママ。

「だって、あそこっ」

岬《みさき》がまっすぐ、満《みちる》を指さす。ママは、きょとんとした。

「なぁに？　あ、パパ、いってらっしゃい。ほら岬《みさき》も早くシャワーを浴《あ》びてきて。スープは自分でよそってね。ママ、お化粧《けしょう》しなきゃ」

パパもママも、いつもどおりのいそがしい朝。ダイニングには、姉妹だけが残《のこ》った。

岬《みさき》が、カラダと満《みちる》を、交互《こうご》ににらむ。

満《みちる》は望《のぞ》みをかけて、よびかけた。

(おねえちゃぁん)

岬《みさき》が、低《ひく》くすごみのある声で答えた。

「あんたってば、どうしようもなくなったときだけ、おねえちゃんってよぶよね」

よかった！　岬《みさき》には、満《みちる》の声がとどく。

(だってぇ)

カラダも上目づかいで岬《みさき》を見る。

「あんた、なにを、やらかしたの」

岬《みさき》が朝食をとるかたわらで、満《みちる》は話した。腹巻《はらま》きのことも、スプレーのことも。

(どうしよう、おねえちゃん)

「腹巻《はらま》き、見せて」

いっしょに満《みちる》の部屋《へや》にもどった。カラダがベッドの下にもぐりこんで、腹巻《はらま》きを引っぱり出す。

「つけてみて」

カラダは、いやいやと首を横にふる。

「じゃ自分で試《ため》す。腹巻《はらま》きだけなら、副作用《ふくさよう》はないんでしょ？」

岬《みさき》は腹巻《はらま》きを手に部屋《へや》を出ていき、二分で着替《きが》えてもどってきた。うわ、腰《こし》が細い。足が長い。いつも以上《いじょう》のスタイルのよさだ。

「鏡《かがみ》に映《うつ》る姿《すがた》と、スマホで自撮《じど》りした写真がワンサイズちがう。どういうこと？」

そういって、手に持ったスマホをつき出す。

（うん、レンズはごまかせないんだって）

「うわ、役に立たない。なんでこんなものにたよったのよ」

（……くやしかったんだもん）

「は？　ばっかじゃないの。努力《どりょく》もしないで、結果《けっか》だけはりあうんじゃないわよ」

そういいながら岬《みさき》は腹巻《はらま》きを脱《ぬ》いで、満《みちる》のランドセルに入れた。

「保健室《ほけんしつ》に返しにいくよ」

学校に着くまでに、岬《みさき》とカラダは、何人もとすれちがったり、あいさつしたりした。満《みちる》には、だれも気づかなかった。

いつもよりずっと早い登校。だけど、校門も保《ほ》健室《けんしつ》の戸も、開いていた。

「おいでなさいま……んまぁぁ」

妖乃《あやの》先生《せんせい》が大きな目をさらに見開いて、宙《ちゅう》に浮《う》かぶ満《みちる》を見た。

「〈魂《たま》ぬけ〉なさいましたの。さ、中へお入りなさいまし」

かろんと戸を閉《し》める。

「シンキロウをもとめる満《みちる》さんの心と、シンキロウをいやがるだろう満《みちる》さんのカラダ。そのまさつが、心を外へ押《お》しだすのではないかと期待はしていましたけれど。んまぁ、まさか、魂《たましい》まるごとなんて」

「期待？」

岬《みさき》がつっこむ。

「あら、いいまちがえましてよ。心配していましたの。ご気分はいかが？　痛《いた》みや吐《は》き気《け》はございませんこと？」

妖乃《あやの》先生《せんせい》は、カラダの顔をのぞきこんだり、首をなでたり、おなかから出るけむりの匂《にお》いをかいだりしている。

「わたくし思いますに、魂《たましい》からしたたり落ちたしずく、あるいは、あふれ出る光、それが、心なのではありませんかしら？　それをコレクションするアイテムはいろいろ用意しておりますけれど……」

今度は、宙《ちゅう》に浮《う》かぶ満《みちる》を、しげしげとながめる。

（コレクション？）

「コレクション？」

満《みちる》と岬《みさき》、重なったつっこみに、

「霊力《れいりょく》の強い人間がつくった人形ならば、魂《たましい》の入れ物になることも……いいえいいえ魂《たましい》のコレクションはならぬこと。いたしませんことよ」

先生は頭をゆるゆるとふり、長い黒髪《くろかみ》を波打たせた。

「よくわかんないけど、それより」

と、岬《みさき》が、腹巻《はらま》きと小びんを先生に差《さ》しだした。

「これ、返します。満《みちる》が勝手に持ちだしてごめんなさい。満《みちる》、あんたもあやまれ」

（ごめんなさい）

カラダも肩《かた》をすくめて、頭を下げている。

「だから先生、満《みちる》をもとにもどして」

妖乃《あやの》先生《せんせい》は、口角《こうかく》をきゅっとあげた。

「みんなが登校するまでまだ時間がありますから、ハーブティーをおいれしましょう」

「飲んだら、もどる？」

「魂《たましい》とカラダはかけがえのない唯一無二《ゆいいつむに》の相棒《あいぼう》、仲直《なかなお》りすればもどりますことよ。そして仲直《なかなお》りには、おいしいお茶がぴったり。うふ」

「それだけで、もどるの？」

先生は、カラダと満《みちる》をつないでいるけむりを指さした。

「今ならば、切っても切れない縁《えん》でつながっていますもの。あれが消えてしまいますと、魂《たましい》は霊界《れいかい》をさまよう迷《まよ》い霊《れい》となり、魂《たましい》を失《うしな》ったカラダも弱って滅《ほろ》びてしまいます。ですから、もどるおつもりなら、今のうち。あら、少しかすんできましたかしら」

そういえば、朝方見たときより、けむりはずっと薄《うす》くなっている。どうしよう。カラダが満《みちる》を見あげた。見つめあう。ひんやりしたものが流れこんできた。あんたなんかいらないよ、って否定《ひてい》されちゃったような……ああ、そうか、満《みちる》がカラダにしたことだ。

シンキロウですてきに見せるからあんたは引っこんでて、って……。

(ごめん)

満《みちる》がつぶやいたら、カラダはうなずいた。そして、けむりをたぐりよせ始めた。たぐっては、おへそのあたりに押《お》しこんでいる。満《みちる》は引っぱられる。ぐい、ぐい、ぐい──。

──ああ、いい香《かお》り。

目のまえに、カップがあった。

「妖乃《あやの》特製《とくせい》ハーブティーですわ、召《め》しあがれ」

飲みたいな、そう思ったら、右手がカップに伸《の》びていた。指先でカップの持ち手をつかむ。ほどよい熱《あつ》さと重みが指に伝《つた》わる。くちびるにカップがふれる。温かいな。

コクリと飲めば、温かさと、ほんのり甘《あま》くさわやかな香《かお》りが、体にも心にも広がる。

「満《みちる》？　もどった？」

となりのいすに、岬《みさき》がいた。ティーカップに手もつけず、満《みちる》を見つめている。

「うん、もどった。このお茶、とってもいい香《かお》り。あ、だけど」

「なに？」

「岬《みさき》が汗《あせ》くさい」

「なにそれっ、あんたのせいで、シャワーを浴《あ》びそこねたんでしょ！　もう二度と助けてやんないっ」

がぶりとハーブティーを飲む岬《みさき》のとなりで、

「ぶつかりあっても、唯一無二《ゆいいつむに》の相手。うらやましいですこと」

妖乃先生《あやのせんせい》が、うふっと笑《わら》った。

三学期

バーチャルハッピー

三年一組　入江《いりえ》雨実《うみ》

ゲーム機《き》のモニターに選《えら》ばれた。発売前のゲームをやって、アンケートに答えるんだ。雨実《うみ》あてにとどいたそれは、両手にすっぽりおさまる大きさ。色はスカイブルー、晴れわたる空の色。おためしゲームソフトのタイトルは、「ソラの国」。

雨実《うみ》はさっそく、電源《でんげん》を入れる。ぶぅん。振動《しんどう》が指に伝《つた》わり、画面が明るくなった。

「きみを待っていた」

ものすごくきれいな顔の少年が、ブルーのひとみで雨実《うみ》を見つめていた。

「ぼくはソラ、この国の王子。この国に『幸せ』をつくることが使命なんだ」

うん、知ってる。ソラがひとりぼっちだってことも。モニター申込書《もうしこみしょ》に、書いてあった。争《あらそ》い好《ず》きだったこの国の人たちは、神の怒《いか》りにふれ、木に変《か》えられてしまったんだ。ただひとり、ソラだけが使命を背負《せお》って残《のこ》された。

「きみの助けが必要《ひつよう》なんだ。いっしょに来てくれる？」

雨実《うみ》のほおがカッと熱《あつ》くなる。ドキドキして言葉が出ない。そっと○ボタンを押《お》した。

「ありがとう」

ソラがこちらに向かって、手を差《さ》しのべる。雨実《うみ》は十字キーを操作《そうさ》することで、彼《かれ》の手のひらに自分の手を置《お》いた。と同時に、雨実《うみ》は、ウミになった。

ソラの髪《かみ》が風に広がる。ソラとウミの体が、ゆっくりと地をはなれた。ぐんぐん、のぼる。はるか下に草原が広がる。川が流れる。うっそうとした森がある。

「あの森の一本一本の木が、ぼくの国の人たち。ぼくの父と母も……」

ソラのささやきは、かすれ、とぎれた。

森の中の小高い丘《おか》に、城《しろ》が見えた。ソラは、城《しろ》の前におり立った。

「ここに、ぼくたちの花畑をつくろう」

ぼくたち？　ソラの顔を見たら、

「ぼくときみの」

と、きれいな横顔がいいなおした。

「雨実《うみ》ィ、お手伝《てつだ》いしておくれェ」

おばあちゃんがよんでいる。いいところなのに。だけど食器《しょっき》を並《なら》べるのは、雨実《うみ》の

役目だ。ママとおばあちゃんと雨実《うみ》と弟の海斗《かいと》の、四人分。パパは遠い海の上、まだあと一か月も待たなきゃ帰ってこない。ゲーム機《き》の電源《でんげん》を切った。

ママと、保育園《ほいくえん》に通う海斗《かいと》が帰ってきて、夕食が始まる。おばあちゃんが、今日《きょう》一日のことをママに話して聞かせる。

「雨実《うみ》が、ゲームのモニターとやらに選《えら》ばれたんだよ」

海斗《かいと》には、ないしょにしておきたかったのに。

「なにそれ？　ゲームするの？　ぼくもぼくも」

ほら、絶対《ぜったい》、こうなるもん。貸《か》したくない。でもだめっていうとよけいほしがって泣《な》きだすだろうし、そしたらおばあちゃんが、おねえちゃんなんだから貸《か》してあげなさいっていうに決まっている。だから、

「お花を育てるゲームなんだ」

って、つまんなそうにいってやった。

「え？　戦《たたか》いは？」

「ぜんぜん、ない」

「なあんだ、じゃあやらない」

おばあちゃんが、首をかしげてる。

「ゲームでお花を？　それで楽しいのかい？」

ただの花じゃないもん。でもそれはいわずに、うなずくだけ。

「ゲームは一日一時間ね」

ママがそういって、話は終わった。

そのあとは、海斗《かいと》がずっとしゃべっていた。なんであんなにいっぱい話せるんだろう。なんであんなに、ママとおばあちゃんを笑《わら》わせることができるんだろう。

雨実《うみ》には、無理《むり》。だから、思いついたんだ。雨実《うみ》のかわりにしゃべってくれる花があったらいいなって。

モニター申しこみは、アイデア募集作文《ぼしゅうさくぶん》が条件《じょうけん》だった。

〈ソラの国で、あなたがつくりたい「幸せ」は、なんですか〉

雨実《うみ》は、おしゃべりする花を育てたい、と書いた。話すことの苦手な人の気持ちを、うまく言葉にしてしゃべってくれる花。人からぶつけられた痛《いた》い言葉を、やさしい言葉に変《か》えてくれる花。ひとりぼっちのときに、話し相手になってくれる花。楽しく、やさしく、温かい言葉を話す花を育てたい。そんな花がいっぱい咲《さ》いたなら、争《あらそ》う人も傷《きず》つく人もいなくなるかもしれない――って。

ごちそうさまして、急いでお風呂《ふろ》もすませる。いちばんかわいいパジャマを着て、髪《かみ》の毛も出かける前みたいにブローする。部屋《へや》にもどって、ゲーム機《き》の電源《でんげん》を入れた。

ぶぅん。

城《しろ》の前だ。ソラがあたりを見渡《みわた》し、いった。

「ここを、花でいっぱいにしよう」

「こんな固《かた》い地面で花が育つ?」

「たがやしてやわらかくする。ほら、蔵《くら》から道具を選《えら》んで」

ソラが、巻《ま》き物《もの》をウミの手にのせた。

「この国では、これが蔵《くら》なんだ」

巻《ま》き物《もの》を広げたら、カタログみたいなリストが並《なら》んでいた。〈家具〉〈食料《しょくりょう》〉〈台所用品〉〈農具〉……。〈農具〉が太く目立ったから選《えら》ぶ。またリストが出た。今度は〈クワ〉がチカチカ点滅《てんめつ》、選《えら》べってことだ。あらわれたクワを十字キーで動かす。地面をなでるように動かせば、土がほり起こされていく。ほこほこと、やわらかそうだ。城《しろ》を取りかこむように、たがやした。

「ありがとう、ウミ。もう日が沈《しず》む。ここまでの保存《セーブ》をたのむ」

気づけば、森の向こうに太陽が沈《しず》もうとしている。

「おやすみ、ウミ」

暗い城《しろ》の中へと歩き去るソラの背中《せなか》に、返した。

「おやすみ、ソラ」

ゲームが保存《セーブ》されたのをたしかめてから、電源《でんげん》を切った。とたんに寒《さむ》さが押《お》しよせてきて、体をぶるりとふるわせる。お風呂《ふろ》を出たときは温かだったから、ストーブをつけるのを忘《わす》れていた。知らないうちに、一時間以上《いじょう》たっていた。

トイレに行ってから、ふとんにもぐりこんだ。青いひとみを思い出しながら、うっとりと眠《ねむ》りに引きこまれた。

翌朝《よくあさ》、宿題があったことを思い出した。あわてて漢字ドリルを広げる。いつもよりきたない字になった。時間もなくなった。ごはんにみそ汁《しる》をかけてかきこみ、家を飛《と》びだす。遅刻《ちこく》してしかられるのはいや。走れば間にあう。

ぎりぎり間にあった。教室に入るなり、マリンちゃんに声をかけられた。

「おそい。今月の班目標《はんもくひょう》を決める日なのに。雨実《うみ》は、どんな目標《もくひょう》がいいと思う？」

ええと……みんな仲良《なかよ》く？　それだと、一年生みたいかな。思いやりをもとうっていうのはどうかな。それとも、人にやさしくしよう？　あれ、わき腹《ばら》が痛《いた》くなってきた。食べてすぐ走ったせいだ。

前かがみになった雨実《うみ》の顔の下に、マリンちゃんがノートをつき出した。

「思いつかないなら、出ている提案《ていあん》についてて意見をいって」

今、考えていたのに、な。

マリンちゃんがノートを開いた。きちょうめんな字で、「手洗《てあら》いうがいをする」「風邪《かぜ》をひかない」「大きな声であいさつする」「ごみを拾う」とある。

うーん、インフルエンザが流行《はや》っているから「手洗《てあら》いうがい」がいいかも。でも、保健室《ほけんしつ》や水道のところに同じ言葉のポスターがはってある。まねっこみたいになっちゃうなぁ。困《こま》った、わき腹《ばら》の痛《いた》みがひどくなってきた。

チャイムが鳴り始めた。マリンちゃんが大人《おとな》みたいなため息をつく。

「んもう。雨実《うみ》はいつもだんまりなんだから。どれでもいい、ってことにしとくよ。次はちゃんと考えてね」

雨実《うみ》は席《せき》についた。考えてるのにな。みんなみたいに、早く決められない。すらすら、しゃべれない。わき腹《ばら》の痛《いた》みががまんできなくなって、机《つくえ》につっぷした。

教室に入ってきた担任《たんにん》の先生がすぐに気づいて、保健室《ほけんしつ》へ運んでくれた。かろん。

ああ、この匂《にお》い、好《す》き。窓辺《まどべ》に茂《しげ》るグリーンカーテンの香《かお》りだ。腹痛《ふくつう》が、すーっと遠ざかる。

「おいでなさいまし。三年一組、入江雨実《いりえうみ》さん」

低《ひく》くかすれた声も、心地よい。ベッドにおろされたときには痛《いた》みが消えかけていたけれど、この場所にもう少しいたかった。だから、

「少し休むといい」

担任《たんにん》の先生の言葉にうなずいた。

保健室《ほけんしつ》は以前《いぜん》からお気に入りだったけれど、妖乃先生《あやのせんせい》が来てからいっそう好《す》きになった。運動場に面した南窓《みなみまど》には、緑のツルと葉が茂《しげ》るグリーンカーテン。春に新芽《しんめ》を出し、冬になった今でも緑濃《みどりこ》くつやつやとしている。

自分の部屋《へや》もこんなふうにしたくて、三学期が始まってすぐのころに、妖乃先生《あやのせんせい》にこの草の名前をたずねた。先生は、「君守草《きみもりそう》といいますの。とてもめずらしい植物《しょくぶつ》ですから、手に入れるのは無理《むり》ですわ。そのかわりに、こちらを」と、サツマイモのヘタを雨実《うみ》の手にのせ、水栽培《みずさいばい》の方法を教えてくれた。水をはったお皿にのせ、日当た

りのよい場所に置《お》くだけ。

教わったとおりに窓辺《まどべ》に置《お》いたら、五センチほどのヘタから芽《め》が出た。根も出た。名前をつけた。イモコ。つやつやと美しい緑の葉は、君守草《きみもりそう》に似《に》ていた。

イモコには、なんでも話せた。せかすことなく、雨《う》実《み》の思いが言葉になるまで待ってくれる。そして、受け止めてくれる。おしゃべりする草ではないけれど、葉っぱのゆれや、新芽《しんめ》の輝《かがや》きが、イモコからの返事だった。

パパが帰ってくるころには、イモコが、窓《まど》に緑のふちどりをつくっていることだろう。お世話は、毎日、新しい水にしてやるだけ……あっ、今朝《けさ》、やってくるのを忘《わす》れた。帰ったら、いちばん先にしよう。

気分はすっかりよくなった。やっぱり、保健室《ほけんしつ》は居心地《いごこち》がいい。いちばん好《す》きなのは西の窓《まど》。緑の葉がふちを飾《かざ》り、その向こうに海と空が輝《かがや》いている。パパが乗ってる

船は遠すぎて見えないけれど。
海と空――ウミとソラ。早く帰って、ゲームしたいな。

ぶぅん。


ウミとソラは、城《しろ》の前に立っていた。ウミは巻《ま》き物《もの》〈蔵《くら》〉を開き、リストの中から〈種《たね》のもと〉を選《えら》ぶ。白い玉が宙《ちゅう》にあらわれ、ゆっくりと、ウミの手のひらにおりた。

その上にソラが手を重ねた。玉がふたりの手のひらに包《つつ》みこまれる。

「ふたりの〈幸せを願《ねが》う心〉を注ぎこんで、ぼくらの花の種《たね》を生みだすんだ」

ふれあう手から、ソラの鼓動《こどう》が伝《つた》わってくる。このドキドキは、自分の胸《むね》の音？

それともソラの？　ふたりのひびきが重なってひとつになる。

願《ねが》いをこめた。楽しく、やさしく、温かな言葉をもつ花《はな》が咲《さ》きますように。

あわせた手のすき間から光がもれた。ソラが手をはなす。綿毛《わたげ》をつけた種《たね》が、いっせいに飛《と》びたった。風に乗る。それぞれ行き先が決まっているかのように広がり、ソラとウミがほり起こした土へと、着地した。

青いひとみがウミにほほえみかける。それだけで、次にすべきことがわかった。

ウミは、天に向かって、両腕《りょううで》を伸《の》ばした。そして、となえた。

「雨の実、雨の実、降《ふ》りそそげ」

きらきら、しずくが降《ふ》ってきた。ウミとソラの、花畑に。


ゲームの時間がどんどん増《ふ》えていった。学校から帰るなり、自分の部屋《へや》にこもった。ママが仕事を終えて、保育園《ほいくえん》にいる海斗《かいと》を連《つ》れてもどってくるまでの二時間。お風呂《ふろ》を出てから寝《ね》るまでの一時間。宿題をやらなきゃと思いながら、先にゲーム機《き》に手が伸《の》びた。ソラの国に入れば、あっという間に時間が過《す》ぎた。

宿題は学校でするようになった。朝の教室や、休み時間に。マリンちゃんに見つかって、しかられた。

「家でやってこなくちゃいけないんだよ」

そんなことわかってる。けど、時間がないんだもん。花畑の手入れがいそがしくて。

悪い虫を退治《たいじ》したり、嵐《あらし》の進路を変《か》えたり、魔法肥料《まほうひりょう》の材料《ざいりょう》をさがしたり。けっこう大変《たいへん》なんだ。でも、苦労《くろう》も冒険《ぼうけん》も、ソラといっしょなら楽しかった。

もっと、いっしょに過《す》ごしたくて、部屋《へや》の明かりを消してからも、ふとんの中で、ゲームをするようになった。

そしたら授業中《じゅぎょうちゅう》、いねむりを注意されることが多くなった。でも平気。ソラに会えば、眠気《ねむけ》なんてふっ飛《と》ぶ。大事なのは、ソラとの時間。しゃべる花《はな》を咲《さ》かせ、ソラの国に幸せを取りもどすことが、ウミの使命。

ただ、体育の時間はつらかった。なんで、マラソンなんてあるんだろう。その日も、走りだしてすぐ息が苦しくなった。校庭一周目《しゅうめ》でめまいがしてすわりこんだ。担任《たんにん》の先生が、また保健室《ほけんしつ》まで運んでくれた。

「入江雨実《いりえうみ》さん、おいでなさいまし。先生は授業《じゅぎょう》におもどりくださいまし」

妖乃先生《あやのせんせい》は、雨実《うみ》とふたりきりになるや、顔を寄《よ》せてきた。

「雨実《うみ》さん、目のまわりがしなびてましてよ」

そういえば、このごろ、目の奥《おく》がへんに重い。

「どうなさいましたの？」

どうしたんだろう？　雨実《うみ》が首をひねって答えられずにいたら、先生も同じように首をかしげてみせた。

「夜はちゃんと眠《ねむ》れましまして？」

うなずこうか、首を横にふろうか。眠《ねむ》れないわけじゃない。眠《ねむ》る時間がもったいないだけ。雨実《うみ》が答えられずにいても、先生の声は変《か》わらない。低《ひく》くゆったり、風の声。ゆるゆる眠《ねむ》くなって、あくびが出てしまう。

「昨夜《さくや》は何時間くらい、睡眠《すいみん》をとられました？」

ええと、ふとんに入ったのは九時。それから部屋《へや》の明かりを消してゲームをした。

ソラの国からもどったのが何時だったのかは、わからない。

「夜は、どんなふうにお過《す》ごしですの？」

やっと答えられる質問《しつもん》がきた。

「花畑をつくってる」

「まぁ、すてき。どこで？」

「ソラの国……ゲームなの」

「あら、どんなゲームですの？」

黒いひとみが、ぐっとせまる。気づいたら、モニターになったことも花畑のことも
ソラのことも、話していた。

先生は聞き終えると、ほぉ、と息を吐《は》いた。

「人の心は、いろんな世界を生みだしますわねぇ。バーチャルもそのひとつですわね。

雨実《うみ》さん、ソラの国がそれほど魅力的《みりょくてき》なのは、なぜだと思います？」

ええっと……。ソラがすてきだから？　でもそれだけじゃない。花畑をつくるのも
楽しいし、害虫《がいちゅう》をやっつけたときは胸《むね》がすかっとしたし……。

先生は、にゅうと口角《こうかく》をあげた。

「うふ、そういうふうに、い、い、い、つくってあるからです。雨実《うみ》さんが引きこまれるようにつく
った世界なのですわ。ですから存分《ぞんぶん》にお楽しみあそばせ。ただし」

先生は言葉を切って、人差《ひとさ》し指《ゆび》を立てた。

「ひとつだけ、覚《おぼ》えておいてくださいまし。どんなに魅力的《みりょくてき》な世界でも、そこはバー

チャル。あなたの本当の命《ライフ》は、こちら側《がわ》。それを忘《わす》れると」

と、妖乃《あやの》先生《せんせい》は、雨実《うみ》の目の下にそっと指を置《お》いた。

「あなたのすべてが、しなびてしまいますことよ」

たえられないほどに眠《ねむ》くなって、目を閉《と》じた。

チャイムで目が覚《さ》めた。壁《かべ》の時計を見たら、下校時間。早く帰って、花畑の手入れに行かなくちゃ。ベッドから下り、戸口へと急ぐ背中《せなか》に声をかけられた。

「イモコさんは、お元気？」

イモコ？　あ、いけない、また水替《みずか》えを忘《わ》れていた。帰ったら、やろう。


その夜、お風呂《ふろ》から出てきたら、海斗《かいと》が雨実《うみ》のベッドに腰《こし》かけ、手にゲーム機《き》を持っていた。

「ねえちゃん、これ、どうやったら、始まるの？」

「だめっ」

飛《と》びついて、取りあげようとした。

「やだっ、ボクがするのっ」

はなそうとしない。カッとした。海斗《かいと》の頭をたたいていた。

「痛《いた》っ」

海斗《かいと》が、目を見はって雨実《うみ》を見あげる。今まで、姉になんぼうされたことがないから、おどろいている。雨実《うみ》は、ソラとウミの世界を守るためなら、なんでもする。ゲーム機《き》をはなさないなら、もう一発。今度はにぎりこぶしをつくって、腕《うで》をふりあげる。海斗《かいと》の顔が引きつった。

「ぎゃぁーっ」

こぶしはあたらなかったのに、海斗《かいと》はゲーム機《き》を放りなげ、ものすごい声で泣《な》きわめきながら、走っていった。ドアも開けっぱなし。閉《し》めにいったら、階段《かいだん》をのぼってくるおばあちゃんと目があった。

「まあっ、なんてこわい顔してるんだい、女の子が」

雨実《うみ》はあわてて部屋《へや》の中へもどった。ゲーム機《き》をパジャマとおなかの間にかくし、ベッドに頭までもぐりこみ、ふとんのはしをぎゅっと押《お》さえる。すぐに、おばあちゃんの小言《こごと》が聞こえてきた。

「小さな弟をなぐるなんて、そんな子じゃなかったのに。雨実《うみ》、あんた、般若《はんにゃ》みたいな顔をしてるよ」

雨実《うみ》の大切なものに、勝手にさわったからだ。

「ゲームのせいだね。そんなもの、返しておしまい」

だめっていったのに、はなさなかった海斗《かいと》が悪い。すごく腹《はら》が立《た》って、悲しくて、なのに言葉が出ない。いつもそうだ。こっち側《がわ》――現実《リアル》では、雨実《うみ》の思いは、胸《むね》の中《なか》で渦巻《うずま》くだけ。それを雨実《うみ》のかわりに言葉にしてくれる「しゃべる花」も、ここにはない。

雨実《うみ》は、バーチャルに生まれたかった。

おばあちゃんが出ていったあと、明かりを消し、ふとんにもぐりなおした。

ぶぅん。

一面、やわらかな若草色《わかくさいろ》だ。双葉《ふたば》がすくすく伸《の》びて、ふかふかのじゅうたんみたい。

ソラとウミは手をつなぎ、つないでいないほうの手を天に伸《の》ばす。ソラが右手を、ウミは左手を。

「空の光、降《ふ》りそそげ」

陽《ひ》の光が降《ふ》りそそぐ。

「雨の実、降《ふ》りそそげ」

きらきら、しずくが降《ふ》る。

若草《わかくさ》が背伸《せの》びするようにぐんと伸《の》びる。

「ずっと、ここに、いたい」

ウミのつぶやきに、

「本当に?」

ソラがじっと見つめてきた。青空の底《そこ》みたいなひとみ。ウミはドキドキしながらうなずく。

「ずっといればいい」

つないだ手を、ソラが強くにぎった。

「ぼくが、ウミの望《のぞ》みをかなえるよ」


もっともっと、ソラといっしょにいたい。時間が足りない。ふとんに入って、ゲーム機《き》をつければ、あっという間に夜が明ける。学校はウトウトする場所になった。できれば保健室《ほけんしつ》のベッドで寝《ね》たかったけれど、なぜか、ソラがいやがったから、がまんした。大あくびしながら登校する雨実《うみ》に、妖乃先生《あやのせんせい》は、いつでもおいでなさいまし、っていってくれたのに。

ゲーム以外《いがい》のことは、なにをするのもおっくうになった。体が重いし、頭もぼぉっとしている。半透明《はんとうめい》なまくの中にいるみたいに、目に映《うつ》るものも耳にとどく音も、ぼんやりして遠い。まぁどうでもいいけど、現実《リアル》のことなんて。

ソラの国では、なにをすべきかソラが教えてくれたし、ウミはいつだってやりとげた。自分が、なくてはならない存在《そんざい》だと思えた。現実《リアル》でやらなきゃいけないことがあったような、忘《わす》れ物《もの》をしたような気持ちになることもあったけれど、ソラの顔を見たらどうでもよくなった。ソラの国がウミの世界、それでいい。


「雨実《うみ》、やっぱり、どこか悪いんじゃない？」

夕食を残《のこ》し席《せき》を立った雨実《うみ》の腕《うで》を、ママがつかんで引きよせた。保《ほ》健室《けんしつ》で何度か休んだことを、担任《たんにん》からの連絡帳《れんらくちょう》で知って、気にしている。

「食欲《しょくよく》はないし、目の下にクマもできてるし」

両手で雨実《うみ》の顔をはさんで、じっと見つめてくる。

雨実《うみ》はどこも悪くない。寝《ね》る間《ま》も惜《お》しんで、花畑の世話をしているだけ。でもそれは、ウミとソラの秘密《ひみつ》。

おばあちゃんが、雨実《うみ》の残《のこ》したおかずにため息つきながら、つぶやく。

「あのゲームをやり始めてからだよ。この子がへんになったのは」

「そうなの？」

頭をふってママの手をふりはらい、おばあちゃんをにらんだ。

「雨実《うみ》」

ママの声が一オクターブ高くなったから、さっさと居間《いま》を出た。

時間がもったいないから、お風呂《ふろ》はパス。明かりを消せば、眠《ねむ》っていると思って、ママもおばあちゃんも部屋《へや》には入ってこない。ゲーム機《き》といっしょにふとんにすっぽりもぐる。うっとり笑《わら》って電源《でんげん》ボタンに指を伸《の》ばしたとき、いきなり、ふとんをはぎとられた。身がまえるひまもなく、ゲーム機《き》をうばわれた。

「寝《ね》たふりしてゲームしてたわけね。毎晩《まいばん》？　寝不足《ねぶそく》になってあたりまえだわ」

ママだった。飛《と》びおきて、ゲーム機《き》を取りかえそうとしたけれど、

「体調がもどるまでゲーム禁止《きんし》。ママが預《あず》かります。それがいやなら、メーカーに返品してモニターも断《ことわ》ります」

低《ひく》い声。こっちを見すえる目。まずい、本気で怒《おこ》ってる。雨実《うみ》はふとんにもぐりなおした。

「ほんとに、もう、心配させて。まずはちゃんと眠《ねむ》りなさい」

ママが出ていくなり、ふとんから顔を出し、耳をすませた。ママの足音、それから、

両親の寝室《しんしつ》のドアが開いて閉《し》まる音。しばらくして、またドアの開閉音《かいへいおん》と、階段《かいだん》をおりていく足音。

ソラ、待ってて、必ず取りかえすから。でも、うまくやらないと、またうばわれて、返品されちゃう。雨実《うみ》はベッドからぬけだし、懐中電灯《かいちゅうでんとう》を片手《かたて》に、音を立てないよう机《つくえ》のひきだしをさぐった。あった。前に買ってもらったゲーム機《き》。旧型《きゅうがた》だけれど、ゲームをやらないママには、きっとちがいはわからない。

ママがお風呂《ふろ》に入るのを待って、寝室《しんしつ》にしのびこんだ。ゲーム機《き》は、思ったとおり、クローゼットの上棚《うわだな》にあった。子どもから取りあげたものはいつもここへ置《お》く。クッションをふみ台にして背伸《せの》びすれば雨実《うみ》にも手がとどく、ってことにママはまだ気づいていない。ソラのゲーム機《き》を手にとり、旧型《きゅうがた》をかわりに置《お》いた。

ゲーム機《き》をパジャマの内に抱《だ》きしめ、しのび足《あし》で自分の部屋《へや》にもどる。すぐにやりたいけれど、ママがまたのぞきにくるかもしれない。かくさなきゃ。教科書の間にはさんで、ランドセルに入れた。ママとおばあちゃんが眠《ねむ》ってしまうまで、寝《ね》たふりをしよう。目を閉《と》じたとたん、本当に寝《ね》てしまった。

夜中に目が覚《さ》めた。ソラによばれた気がする。窓《まど》の外はまだ真っ暗。耳をすます。家中、シンとしている。ゲーム機《き》を取りだし、ふとんにもぐりなおした。ぶぅん。

ソラが手を差《さ》しだす。その手のひらに、ウミの手をのせる。そっとにぎられた。

「ハッピーエンドを用意したよ。ずっといっしょにくらしました、ってね」

「花《はな》が咲《さ》いたら？」

「あと少しだ。ぼくを信《しん》じてがんばって」

「うん」

見つめあった。

明け方、また、ゲーム機《き》をランドセルにかくした。

「雨実《うみ》、おはよう。ぐっすり眠《ねむ》って元気になった？」

ママの声だ。ゲーム機《き》を取りかえたことは、ばれていないみたい。カーテンを開ける音がする。コトン。なにか、床《ゆか》に落ちたようだ。

「なにこれ。サツマイモ？　やだ、カビてる。捨《す》てるわよ」

コンッ、とゴミ箱が鳴る。

雨実《うみ》はふとんから顔を出す。まぶしい。目を細めて、窓辺《まどべ》を見る。お皿がのってい
る。からっぽだ。え？

「ほら、起きて。朝ごはん、ちゃんと食べるのよ」

ママが、ゴミ箱を手に部屋《へや》を出ていこうとしていた。

雨実《うみ》はゴミ箱に飛《と》びついた。中に、ひからび小さくなったイモコがいた。伸《の》び広《ひろ》が
っていたはずの葉が、クシュクシュとちぢんでいる。拾いあげた。

「なにやってるの。ゴミでしょ」

ママがあきれている。雨実《うみ》は、ぶんぶんと首を横にふった。

イモコ、ごめん。忘《わす》れてた。きのうも、おとといも、その前も。いつから水をやっ
ていないか、思い出せないくらい。どうしよう。

――いつでもおいでなさいまし。

そうだ、妖乃先生《あやのせんせい》なら、なんとかしてくれるかも。イモコのカビを洗《あら》い流《なが》し、タオルで包《くる》み、胸《むね》に抱《だ》いた。

保健室《ほけんしつ》へかけこんだ。息が切れて、たおれそう。

「んまぁぁ」

妖乃先生《あやのせんせい》はイモコを見るなり、洗面器《せんめんき》に水をはった。そこにイモコを横たえ、窓辺《まどべ》に置《お》く。グリーンカーテンが、洗面器《せんめんき》を取りかこんだ。

床《ゆか》にすわりこみ荒《あら》い息《いき》をしていた雨実《うみ》も、ベッドに運ばれる。走ったりするんじゃなかった。もう、限界《げんかい》。

「うぅみさぁん、こぉんなに、しなびてぇぇ」

妖乃先生《あやのせんせい》の声がぼわわんとひびいて、よく聞きとれない。ぶよぶよしたゼリーが、雨実《うみ》を取りまいているみたいだ。頭の中にも体にも、ゼリーがしみこんで、重い。

妖乃先生《あやのせんせい》は雨実《うみ》をベッドに寝《ね》かせ、まぶたにそっと指を置《お》いた。

「おぉやぁすぅみ、なぁさぁいぃいいいましぃいい。たあんにんのせぇんせいに、れんらあく、しておきまぁあすからぁぁ」

ベッドまわりのカーテンが閉《し》まる音、保健室《ほけんしつ》の戸が開いて閉《し》まる音。そのあと静《しず》かになった。眠《ねむ》りに引きこまれそうになったとき、ぶぅん、振動《しんどう》が伝《つた》わってきた。まくらもとのランドセルを開けたら、ゲーム機《き》の画面が光っていた。

花畑が広がる。ウミの腰《こし》ほどの背丈《せたけ》で若草色《わかくさいろ》の葉と茎《くき》がゆれ、その先に白いつぼみがふくらんでいる。花畑の中で、ソラがほほえんでいた。

「さあ、最終章《ファイナル》へ」

手をつないで歩きだす。ソラが右手を伸《の》ばし、つぼみにふれた。白いつぼみに青い光がともる。ウミも左手でつぼみをなでた。桜色《さくらいろ》の光がともった。花びらが開く。花粉《かふん》のように光の粒《つぶ》が飛《と》び広《ひろ》がる。その光を受けたつぼみが、また開く。水面《みなも》に波紋《はもん》が広がるように、畑に花が咲《さ》き広《ひろ》がっていく。その波紋《はもん》に、ソラの涼《すず》やかな声が重なった。

「花々よ、木に変《か》えられた人々の心を、言葉にしてくれ。我《われ》らの後悔《こうかい》を、願《ねが》いを、神にとどけてくれ」

花畑を取りかこむ木々がいっせいにゆれ、枝《えだ》が鳴《な》った。花がささやき始めた。

……ごめんなさい。

……もう傷《きず》つけあうのは、いや。

……すべてに、愛《あい》を。

木の葉が舞《ま》いあがり、渦《うず》を巻《ま》き、森をおおう。と見る間に、緑の竜巻《たつまき》がうなりをあげて天へ吸《す》いこまれ——森が消えた。そこに、たくさんの人がいた。泣《な》き、笑《わら》い、抱《だ》きあっている。それから肩《かた》を組み、手をつなぎ、花畑に入ってきた。笑顔《えがお》で花をつみ、贈《おく》りあっている。花がささやく。

……ありがとう。

……好《す》きよ　大好《だいす》き。

きれいな人たちが、ウミにも、花を差《さ》しだしてくれる。

……あなたは天使。

……王子とお似合《にあ》い。

すんだ声、やさしい言葉、美しい花びら。だけどなにか、欠《か》けている。ああ、わかった、香《かお》りがしない。こんなにたくさんの花の中にいながら。

一人の老女《ろうじょ》が、ウミに近づいてきた。

「エンディングです。ご自分の世界におもどりを」

ソラがウミの手を強くにぎりなおした。

「ウミは帰らない」

「王子、なりませぬ。まもなくエンドクレジットがおりてきます。彼女《かのじょ》をここに閉《と》じこめるおつもりですか」

「ここが、ウミの望《のぞ》む世界」

ソラが手をつないだまま、城《しろ》へと歩きだす。そのときウミの足を止めたのは、ごく小さな違和感《いわかん》。香《かお》りのない花畑。それに、これだけ多くの人が花畑にいながら、一輪《りん》の花もふまれていない。そういうふうにつくられているから？　ウミは花畑に通路をつくった覚《おぼ》えはない。

左手を引っぱられた。ふり返ったら、老女《ろうじょ》がウミの手首をつかんでいた。

「いいの？　雨実《うみ》の世界に、帰れなくなっても」

え？

ソラがきれいな顔のまま、老女《ろうじょ》をにらむ。

「おまえは、だれだ」

老女《ろうじょ》はソラを無視《むし》して、ウミにささやきつづける。

「二度と会えなくなるんだよ。海斗《かいと》にも、おばあちゃんにも、ママにも、パパにも。そして雨実《うみ》自身にも」

「ウミ、もうなにも悩《なや》まなくていい。これからは、ぼくのそばで、用意されたものを選《えら》ぶだけでいいんだ。さぁ、行こう」

老女《ろうじょ》がピシリとさえぎった。

「待ちなさいっ。雨実《うみ》は今、考えている」

ソラはむっとくちびるをかんだけれど、立ち止まる。

ああ、マリンちゃんにもそういえばよかった。待って、今、考えてるからって。

「ウミ、もう考えなくていい。しゃべる必要《ひつよう》もない。きみは望《のぞ》みをかなえた」

老女《ろうじょ》が首を横にふり、ウミの手に、一枚《まい》の葉をにぎらせた。青々とした葉から、つぶやきが聞こえてきた。雨実《うみ》の声だ。

……ママと、もっとおしゃべりしたい。

……おばあちゃん、あたしの話も聞いて。

……マリンちゃんと、仲良《なかよ》くなりたいのに。

ソラが低《ひく》くうめいた。

「おまえ、イモコだな」

老女《ろうじょ》がニッとくちびるを横に引き、子どもの声でいった。

「スーパーイモコだよ」

と同時に、その顔も体も、みずみずしく、ふっくらとしていく。赤いほおはすべすべ、目がくりくりと動く、ぽっちゃりかわいい女の子になった。ああ、ほおの色がサツマイモ！ イモコ！ よかった、元気になったんだ。うれしさに大きく息を吸《す》いこんだとき、ソラのつぶやきが耳に入った。

「枯《か》らしたはずなのに」

え……。落ち着こうと深呼吸《しんこきゅう》したら、あたりが暗くなっていることに気づいた。天をあおいだら、のっぺりした黒が広がりつつある。

「雨実《うみ》、いっしょに帰ろう。本当の望《のぞ》みをかなえるために。あたしが応援《おうえん》する」

「……かなえたい」

声に出していったら、ソラがつないでいた手をはなした。

「きみは、もう、ウミじゃない」

ソラが好《す》きだった。ここにずっといたいと思ったのも本当。だけど……。

「さよなら、ソラ」

イモコが雨実《うみ》の体に両腕《りょううで》を回し、ジャンプした。あっという間に、ソラも花畑も下に置《お》きざりにして、高くのぼっていく。気づけば、雨実《うみ》を抱《だ》いているのは緑のツル。ハート型《がた》の葉がついている。黒くぬりつぶされた天を、突《つ》っ切《き》った。

いい香《かお》り。目を開けたら、保健室《ほけんしつ》のベッドにいた。

「おかえりなさいまし、雨実《うみ》さん」

妖乃《あやの》先生《せんせい》だ。そして緑のツルとハート型《がた》の葉がベッドの上まで伸《の》び、雨実《うみ》の腕《うで》に巻《ま》きついている。

「これ……イモコ？」

「ええ。今回は、イモコさんのお手柄《てがら》でしたわね」

先生が、窓《まど》へ顔を向ける。グリーンカーテンがゆれる窓辺《まどべ》に、洗面器《せんめんき》。その中から
ベッドへと、ツルと葉が伸《の》びている。かけ寄《よ》ろうとして、足が止まった。

ゆれているのではなく、ゆらめいている。ゆらゆら、緑のかげろうだ。

「うふっ、君守草《きみもりそう》の花《はな》が咲《さ》きましたの」

「花？」

「ええ、目には見えない花ですの。でも、咲《さ》いているのがおわかりでしょう？」

うん。いつもよりもっと、すてきな香《かお》りがする。胸《むね》にすーっと広がるさわやかな。

そのくせ甘《あま》く、胸《むね》がキュンとするような。

窓辺《まどべ》に近づき、洗面器《せんめんき》をのぞいた。水をはった中にサツマイモの……あれ？　イモ

コ、太った？
「先生、イモコがサツマイモ色の球根になってる」

「ええ。君守草《きみもりそう》の花のしずくを受けて、変化《へんげ》しましたのよ」

そのとき、ベッドまで伸《の》びていたツルが窓辺《まどべ》へと移動《いどう》した。まるでグリーンカーテンにまぎれこもうとするみたいに。雨実《うみ》の腕《うで》に巻《ま》きついていたツルもほどける。と、同時に、保健室《ほけんしつ》の戸が開いた。かろん。

「ああ、雨実《うみ》ちゃん、起きたね。もうすぐ給食《きゅうしょく》だよ。おや、サツマイモの葉じゃないか」

栄養士《えいようし》の七味《ななみ》先生《せんせい》が大またで近づいてきて、グリーンカーテンの中から迷《まよ》うことなく、イモコのツルをつまんだ。

「いいね、おいしそうだ。ツルはきんぴら、葉はてんぷら」

「だ、だめっ」

雨実《うみ》は両腕《りょううで》を広げ、イモコと七味《ななみ》先生《せんせい》の間に割《わ》りこんだ。

ゲームは、あいさつ文を残《のこ》して、動かなくなった。

〈モニターご協力《きょうりょく》ありがとうございました。のちほどゲーム機《き》の回収《かいしゅう》にうかがいます。引きかえに、先行予約券《せんこうよやくけん》&クーポン券《アンド》《けん》を、お渡《わた》しします。新感覚《しんかんかく》ゲーム機《き》と完全版《かんぜんばん》「ソラの国」、この夏、同時発売！　お楽しみに！〉

どのボタンを操作《そうさ》しても、その画面だった。

先行予約券《せんこうよやくけん》&クーポン券《アンド》《けん》は、妖乃先生《あやのせんせい》にあげた。バーチャルにハマってみたいんだって。雨実《うみ》はもういい。本気でやったから。

スーパーイモコは、雨実《うみ》の部屋《へや》の窓辺《まどべ》で元気に育っている。緑の葉が輝《かがや》き、清々《すがすが》しい香《かお》りを放つ。ママもおばあちゃんも海斗《かいと》も、雨実《うみ》の部屋《へや》で深呼吸《しんこきゅう》する。養護《ようご》の先生《せんせい》にもらった球根だよって、妖乃先生《あやのせんせい》のことを話した。

ねぇイモコ、あした、マリンちゃんにいおうと思うんだ。雨実《うみ》は一生懸命《いっしょうけんめい》考えてる、だからもう少し待って、って。

ごきげんよう

養護《ようご》教諭《きょうゆ》

奇野《あやしの》妖乃《あやの》

妖乃《あやの》は保健室《ほけんしつ》で、いただきますと手をあわせる。今日《きょう》の給食《きゅうしょく》メニューは、野菜炒《やさいいた》め。甘《あま》トウガラシのつややかな緑が目立っている。うふ、今はピーマンとよぶのでしたわね。注意深く、ピーマンをよけながら、食べてゆく。口に入れなくても、自己主張《じこしゅちょう》する緑色が目に入る。それだけで、舌《した》がジンジンしびれてくる。

ピーマンは、トウガラシを品種改良《ひんしゅかいりょう》したものだ。ずっと昔、甘《あま》トウガラシとよばれていたころに、畑になっているのを生でかじったことがある。

里の子らが、甘《あま》い実だとかんちがいし、味見をたくらんだ。子どもだった妖乃《あやの》は彼《かれ》らにまぎれこみ、畑で、緑の実にかぶりついた。青くさいけれど、みずみずしかった。むしゃむしゃとかみしめた。突然《とつぜん》、口の中が熱《あつ》くなった。あわてて口の中のものを吐《は》きだす。里の子らも悲鳴《ひめい》をあげて泣《な》きだした。その声に大人《おとな》が走ってきたから、妖乃《あやの》は身をひるがえし、山の中へとかけもどった。谷川の水で口をすすぐ。舌《した》がヒリヒリとやけどしたように、痛《いた》かった。けれど川面《かわも》に映《うつ》る顔は、笑《わら》っていた。一度でいいから子どもらにまじってみたいと、ずっと願《ねが》っていたことだったから。

あの甘《あま》トウガラシは、改良《かいりょう》に失敗《しっぱい》したのか、実が若《わか》かったせいなのか、そもそも甘《あま》トウガラシではなかったのか、とにかくおそろしく、辛《から》かった。うふふ。皿に残《のこ》した細切りの緑を見ながら、思《おも》い出《だ》し笑《わら》いしていたら、かろん、戸が開いた。

「今日《きょう》は、ここで休んでいる子はいないね」

給食時間《きゅうしょくじかん》の七味《ななみ》パトロールだ。子どもたちの食欲《しょくよく》を見守り、食欲《しょくよく》のない子の心配をし、好《す》ききらいはしかる。

「また、ピーマンを残《のこ》してるじゃないか。養護教諭《ようごきょうゆ》がそれじゃ、示《しめ》しがつかない。お食べ」

「子どもたちには、ばれていませんことよ」

「あんたねぇ、ばれなきゃいいってもんじゃないだろ。二十四歳《さい》だって？　緑黄色野《りょくおうしょくや》菜《さい》をとらないと、肌《はだ》の老化《ろうか》が早まるよ」

「ホウレンソウや人参《にんじん》やブロッコリーを食べますわ。わたくし、甘《あま》トウガラシには思い出がございまして」

話してみたくなったのは、七味先生《ななみせんせい》の鼻の形が、あの里の子らに似《に》ていたから。

「おやま、ピーマンを甘《あま》トウガラシとよぶのは、ひいばあさんの世代だと思っていたよ」

この人のつくった給食《きゅうしょく》をいただくのも、今日《きょう》で最後《さいご》ですし。

「昔、畑で、もぎたてを食べて、口から火をふく思いをいたしましたの。今でも、この野菜《やさい》を見ると舌《した》がしびれるほど」

うふ、その思い出の味を、失《うしな》いたくありませんの。

七味《ななみ》先生《せんせい》は、腕組《うでぐ》みした。

「おんや、似《に》たような話を、ひいばあさんから聞いた覚《おぼ》えが……兄弟やイトコらとトウガラシ畑へしのびこんで、そのとき、知らない子がまじりこんでて……山へかけ登っていったあの子は山童《やまわろ》かもしれないってオチだった。耳が三角だったよって……そういえば、あんたの耳も特徴《とくちょう》のある形をしているねぇ」

妖乃《あやの》の耳をじっと、見つめている。

んまぁ。んまぁ。もしかしたら。

「おばあさまは、お元気？」

「十年ほど前に、百六歳《さい》で大往生《だいおうじょう》さ。ひ孫《まご》の赤《あか》ん坊《ぼう》――やしゃご――までふくめて四十人に見守られながらね」

もしかしたら、いいえ、きっと。

「なんというお名前ですの？」

「おハツばあさん、さ」

おハツちゃん。

その名前が、光を放ちながら、妖乃《あやの》の心の底《そこ》に落ちてゆく。あのときの子らが、名前も知らぬ〈里の子ら〉ではなくなった。

昔、おハツちゃんたちといっしょに、甘《あま》トウガラシをかじったのだ。

うれしさにうちふるえていたら、七味《ななみ》先生《せんせい》が、

「よし」

と、うなずいた。

「この七味《ななみ》美子《よしこ》が、ピーマンのうまさを教えてやろう」

そして翌日《よくじつ》、卒業式《そつぎょうしき》の朝。妖乃《あやの》は新しい白衣《はくい》とナースシューズを身につけ、いつもより早い時間に保健室《ほけんしつ》の戸を開けた。ほどなく、六年生の魚成壬《うおなりじん》がやってきた。ふだ

んより大人《おとな》っぽい服に、ランドセルを背負《せお》っている。

「クラスのみんなと、最後《さいご》の一日までランドセルを使おうぜって盛《も》りあがったんだ」

転校してきたころのとげとげしさは、もうない。

「あれぇ、グリーンカーテンは？　けっこう好《す》きだったのに」

窓《まど》には、布地《ぬのじ》のカーテンがかかっている。

「花《はな》が咲《さ》くと、終わりますのよ」

葉も茎《くき》も、もとの種《たね》に吸収《きゅうしゅう》される。

「花《はな》、咲《さ》いてたっけ？」

「ええ、一日だけ」

イモコをよみがえらせるために、花《はな》を咲《さ》かせ、新たな種《たね》をしたたらせた。入江雨実《いりえうみ》には、スーパーイモコが必要《ひつよう》だったから。

「壬《じん》くんは、グリーンカーテンがなくてもだいじょうぶですことよ」

壬《じん》はうなずき、ランドセルを開ける。

「ぼくには辞書《じしょ》がある。って、いいたいとこだけど……」

言葉が、ため息に変《か》わる。言霊《ことだま》が暴走《ぼうそう》したとき、すべてのページが「理不尽《りふじん》」という項目《こうもく》で埋《う》まっていたそうだ。それを目撃《もくげき》して以来《いらい》、こわくて辞書《じしょ》を開けないという。

——卒業式《そつぎょうしき》の前に辞書《じしょ》の中をたしかめたいんだ。妖乃《あやの》先生《せんせい》、つきあってよ。

よろこんで引きうけ、今朝《けさ》の約束《やくそく》となった。

「変化《へんげ》したままでしたら、ゆずってくださいましね」

「やだよ」

壬《じん》が辞書《じしょ》に指をかけ、深呼吸《しんこきゅう》する。

ふたり、頭をくっつけるようにして、辞書《じしょ》をのぞきこむ。

開いた。パラパラと、ページをめくる。

ふたり、同時に、息を吐《は》いた。

「ああん……残念《ざんねん》」

「はあ……よかったぁ」

壬《じん》は辞書《じしょ》を両手で胸《むね》に押《お》しあててから、ランドセルにしまいなおした。横にぶらさげたヒマワリのストラップが、ゆれる。

「リフジーン！　おはよ！」

窓《まど》の外からはりのある声がした。壬《じん》のほおにさっと赤みがさす。

「よ、よぉ、岬《みさき》。おはよう」

うふ、わたくし、気づいてましてよ。浦辺岬《うらべみさき》のランドセルにも、おそろいのストラップがゆれていることに。バレンタインデーの翌日《よくじつ》からですわ。うふっ。

卒業式《そつぎょうしき》が始まった。卒業生《そつぎょうせい》二十四名。ひとりひとり、壇上《だんじょう》で、卒業証書《そつぎょうしょうしょ》を受けとる。緊張《きんちょう》した子、照《て》れてる子、魚成壬《うおなりじん》は晴れ晴れとした表情《ひょうじょう》で。浦辺岬《うらべみさき》は、きりりと美しい姿勢《しせい》で。読者モデルに落選《らくせん》してもあきらめない情熱《じょうねつ》が、美しさのもとですわね。

全員が同じ中学に進むから、子どもたちに別《わか》れの涙《なみだ》はない。

式を終え、教員と在校生《ざいこうせい》でつくった花道をぬけ、笑顔《えがお》で、学校を出ていった。

翌日《よくじつ》は終業式《しゅうぎょうしき》だった。式を終え下校する子どもたちを、保健室《ほけんしつ》の窓《まど》から見送る。一年生から五年生までが、いりまじって校門を出てゆく。運動場で追いかけっこを始めた男子の中に、二年生の沖汐音《おきしおん》がいる。またひざが痛《いた》みだしたら、今度こそ、妖乃《あやの》のおまじないの腕《うで》をふるおうと楽しみにしていたのだけれど、彼《かれ》の成長痛《せいちょうつう》はおさまったようだ。

こちらに向かってバイバイと手をふっているのは、五年生、浦辺満《うらべみちる》。ふんわりしたラベンダー色の服が、似合《にあ》っている。

――着やせテクニックは、もういいの。好《す》きな服を着るほうが楽しいもん。

そういっていた。うふ、ほんとうに、体も心も楽しそうにはずんでますこと。

保健室《ほけんしつ》の窓辺《まどべ》に立ちより、おしゃべりしてゆく子もいる。

「妖乃先生《あやのせんせい》、これ、ピアノ演奏会《えんそうかい》の招待状《しょうたいじょう》。春休みに、となり町でやるの」

窓《まど》ごしにチケットを差《さ》しだしたのは、四年生の浜岸凪《はまぎしなぎ》。

「凪《なぎ》さん、ピアノのレッスンは、楽しくなりまして？」

凪《なぎ》は首をかしげる。

「『好《す》き』と『楽しい』は、びみょうにちがう。『好《す》き』は苦しいときもある」

「んまぁ、苦しくても好《す》きですの？　心の不思議《ふしぎ》ですわ、もっとくわしく教えてくださいましな」

「言葉で説明《せつめい》できないから、ピアノ、聴《き》きにきて」

チケットを受けとった。

窓辺《まどべ》にかけよってきたのは、三年生、入江雨実《いりえうみ》。

「妖乃《あやの》せんせー、教わったとおりに、イモコを鉢植《はちう》えにしたよ。これで、イモコも長生きするよね」

「ええ。そして葉や茎《くき》がなくなって球根だけになったときは、新しい土に植《う》えかえてやってくださいまし」

スーパーイモコさんは、サツマイモから変化《へんげ》した、雨実《うみ》さんだけの君守草《きみもりそう》。あなたに寄《よ》りそい、あなたらしくいられるよう、支《ささ》えてくれましてよ。

「でね、マリンちゃんもサツマイモの水栽培《みずさいばい》、始めたんだよ」

雨実はうれしそうにささやいてから、あれ？　と保健室《ほけんしつ》をのぞきこんだ。

「グリーンカーテンはどこ？　植《う》えかえたの？」

「わたくしの君守草《きみもりそう》は種《たね》にもどりましたの。新しい土は選《えら》んでありましてよ」

種《たね》は小袋《こぶくろ》に入れ、お守りのように胸《むな》もとにぶらさげている。

子どもたちは、みな、下校した。子どもの声が消えると、波の音がひびきだす。今日《きょう》の潮騒《しおさい》は、軽やかで明るい。波音にのって、妖乃《あやの》は旅立ちの準備《じゅんび》を始める。棚《たな》やひきだしから、妖乃《あやの》特製《とくせい》アイテムや貴重《きちょう》な原料《げんりょう》を取りだし、ボストンバッグにおさめてゆく。グングンシップや、言霊回収《ことだまかいしゅう》リップクリームや、言霊《ことだま》コレクション帳《ちょう》……これはもう少しでコレクションがかなうところでしたのに、惜《お》しかったですわ。

でも今回は、うふっ、思いがけないものを手に入れましてよ。なんと、三つも。ひとつは、バーチャルゲームの先行予約券《せんこうよやくけん》&《アンド》クーポン券《けん》。もうひとつは、ピアノ演奏会招待状《えんそうかいしょうたいじょう》。どちらも、わたくしのまだ知らない「心」がぷんぷん匂《にお》いますわ。うふっ、楽しみですこと。

そして、「おハッちゃん」。思い出の中で、きらりと光る名前。お宝《たから》ですことよ。

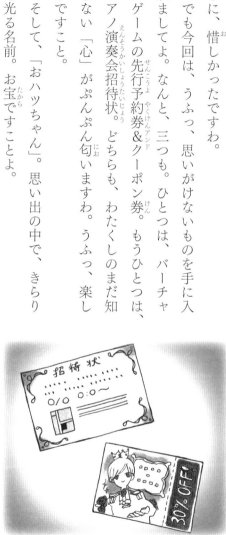

準備《じゅんび》を終え、窓《まど》から、海と空をながめる。この保健室《ほけんしつ》とも、お別《わか》れですわね。

かろん。戸が開くなり、野太い声がひびいた。

「あんた、転任《てんにん》だって？」

七味《ななみ》先生《せんせい》が、大またで入ってくる。

「ええ」

「新任《しんにん》が、たった一年でかい？」

「ひとところに長居《ながい》するべからず、と、家訓《かくん》ですの」

そしてまた新しい地へ、新任《しんにん》・二十四歳《さい》としておもむく。

「迷惑《めいわく》な家訓《かくん》だ、破《やぶ》っちまいな」

「でもう、次の場所が決まってますし」

「近くかい？」

「いいえ、遠くですわ」

七味《ななみ》先生《せんせい》が、大きなため息を落とした。

「ピーマンぎらいのまま、行かせちまうなんて。くやしいねぇ」

「七味先生《ななみせんせい》はこの先、ピーマンを見るたびに、わたくしを思い出します?」

「ああ、きっと、そうだろうよ」

「うふっ」

「なんで、笑《わら》うんだい?」

「うれしいんですもの」

七味先生《ななみせんせい》と肩《かた》を並《なら》べて、保健室《ほけんしつ》を出た。かろんと戸を閉《し》め、つぶやく。

「ごきげんよう」

返事があった。

「ああ、げんきで。またどこかで」

またどこかで。うふ、それも家訓《かくん》で禁《きん》じられていましてよ。けれど、ソーダ水の泡《あわ》みたいに、うれしさがこみあげる。

うふっ、うふっ。

ええ、かなうならば、またどこかで。

保健室

作者　染谷果子（そめや・かこ）
主な著書に『あわい』『ときじくもち』『あやしの保健室①あなたの心、くださいまし』『あやしの保健室③学校のジバクレイ』『あやしの保健室④二万回のトライ』『あやしの保健室Ⅱ①九年に一度の誕生年』『あやしの保健室Ⅱ②祟るイチョウ』『あやしの保健室Ⅱ③はらぺこあやかし獣』（以上、小峰書店）『ラストで君は「まさか！」と言う』シリーズ（PHP研究所）などがある。

画家　HIZGI（ひつぎ）
「フェティッシュ、カワイイ」を元に創造したキャラクターに自己投影するという独創的な手法でイラストを描くアーティスト。日本のみならず、欧米を中心とした海外でも人気が高く、ファンが続々増殖中。Instagram:@hizgi

あやしの保健室《ほけんしつ》
❷ 思いがけないコレクション

2017年 4 月 5 日　第 1 刷発行
2024年 5 月 30 日　第 6 刷発行

作　者…………染谷果子
画　家…………HIZGI
装　丁…………大岡喜直（next door design）
発行者…………小峰広一郎
発行所…………株式会社小峰書店
〒162-0066　東京都新宿区市谷台町 4 -15
TEL　03-3357-3521
FAX　03-3357-1027
https://www.komineshoten.co.jp/
印　刷…………株式会社精興社
製　本…………株式会社松岳社

ISBN 978-4-338-30502-0　NDC 913　183P　20cm

Ayashi-no Hokenshitsu